D1076887

YSTAFELL YR YMLUSGIAID

Cyfres o Ddigwyddiadau Anffodus
LLYFR YR AIL

YSTAFELL YR YMLUSGIAID

gan Lemony Snicket
Lluniau gan Brett Helquist
Addasiad gan Aled Islwyn

DREF WEN

Cyhoeddwyd yn 2014 gan Wasg y Dref Wen,
28 Ffordd yr Eglwys, Yr Eglwys Newydd,
Caerdydd CF14 2EA, ffôn 029 20617860.
Cyhoeddwyd gyntaf yn America yn 1999
gan HarperCollins Children's Books Cyf,
dan y teitl *The Reptile Room.*

Noddwyd gan Lywodraeth Cynulliad Cymru.

Argraffwyd a rhwymwyd ym Mhrydain.

I Beatrice –

Bydd fy nghariad tuag atat yn byw am byth … er na
wnaethost ti

PENNOD

Un

Synnwn i fawr nad y ffordd sy'n arwain o'r ddinas i gyfeiriad tref Tedia, heibio'r Harbwr Tesog, yw'r ffordd fwyaf annymunol yn y byd. Lôn Chwain yw ei henw. Mae'n mynd trwy gaeau o liw llwyd afiach, lle ceir ychydig o goed llipa'r olwg sy'n cynhyrchu afalau mor sur nes gwneud i chi deimlo'n sâl dim ond wrth edrych arnyn nhw. Rhed Lôn Chwain ochr yn ochr â'r Afon Ddu, afon y mae naw rhan o ddeg ohoni'n fwd; ac mae'n troelli o gwmpas ffatri sy'n cynhyrchu rhuddygl poeth, ac oherwydd hyn i gyd mae drewdod chwerw dros yr holl ardal.

Mae'n ddrwg gen i ddweud wrthych bod y stori hon yn dechrau gyda'r plant Baudelaire yn teithio ar hyd y ffordd atgas hon, ac o hyn ymlaen dim ond gwaethygu wnaiff pethau. O bawb yn y byd sy'n cael bywydau diflas – ac mae yna lawer iawn o bobl yn y byd yn cael bywydau diflas, fel y gwyddoch chi – y plant Baudelaire sy'n cipio'r goron am ddiflastod. Mewn geiriau eraill, does neb yn y byd i gyd yn grwn yn cael bywydau mwy anffodus na nhw. Tân difrifol oedd man cychwyn eu diflastod – tân a ddinistriodd eu cartref a lladd eu rhieni cariadus. Byddai hynny'n ddigon o dristwch i bara am fywyd cyfan i'r rhan fwyaf o bobl ond, i'r tri hyn, dim ond dechrau eu gofidiau oedd hynny. Ar ôl y tân, cafodd y plant eu danfon at Iarll Olaf, perthynas pell iddynt; dyn barus a drwg dros ben. Roedd rhieni'r plant wedi gadael ffortiwn ar eu hôl, a byddai'n dod yn eiddo i'r tri phlentyn pan fyddai Violet yn cael ei phen-blwydd yn ddeunaw. Ond cymaint oedd awch Iarll Olaf am yr arian fel y dyfeisiodd gynllun mor ddieflig i geisio cael ei ddwylo blewog arno – term sydd yma'n golygu ei fod e'n lleidr wrth reddf – nes rhoi hunllefau i mi wrth feddwl amdano hyd y dydd heddiw.

Cafodd yr Iarll ei atal mewn pryd, ond fe ddihangodd y gwalch, gan addo y byddai'n cael gafael ar ffortiwn y Baudelairiaid rhyw ddydd, doed a ddelo. Roedd llygaid sgleiniog, disglair Iarll Olaf yn dal i roi hunllefau i Violet, Klaus a Sunny, heb sôn am yr un ael hir oedd yn ymlusgo ar draws ei dalcen, a'r tatŵ o lygad a oedd ganddo ar ei bigwrn. Y cymal lle mae eich coes yn cwrdd â'ch troed yw'r "pigwrn" ac efallai bod rhai ohonoch yn ei alw'n "ffêr". Ta waeth! Dyna lle'r oedd y tatŵ, ac i'r plant roedd fel petai'r llygad hwnnw'n eu gwylio ble bynnag roedden nhw'n mynd.

Felly, os ydych chi wedi agor y llyfr hwn gan obeithio clywed i'r plant fyw'n hapus am byth bythoedd, waeth ichi ei gau'n glep y munud hwn a throi at rywbeth arall. Ar eu ffordd i fwy o ddiflastod fyth oedd y plant wrth iddynt eistedd mewn car bychan, cyfyng, yn edrych drwy'r ffenestr ar Lôn Chwain yn gwibio heibio. Dim ond y cyntaf o gyfres o ddigwyddiadau trychinebus ac annifyr oedd yr Afon Ddu a'r ffatri rhuddygl poeth. Daw deigryn i'm llygad a lwmp i'm llwnc wrth feddwl am bopeth oedd i ddilyn.

Dyn o'r enw Mr Poe, ffrind i'r teulu, oedd yn

gyrru'r car. Gweithiai mewn banc ac roedd e'n pesychu'n ddi-baid. Fe oedd y dyn oedd yn gyfrifol am ofalu am fuddiannau'r plant amddifad, ac roedd e wedi penderfynu, yn dilyn y diflastod gydag Iarll Olaf, y dylai'r plant gael eu rhoi yng ngofal perthynas pell iddynt oedd yn byw yn y wlad.

"Rwy'n flin os ydych chi'n anghysurus," meddai Mr Poe, gan besychu i hances wen. "Mae 'nghar newydd i braidd yn fach. Doedd dim lle hyd yn oed i'ch bagiau chi. Fe ddof i â phopeth atoch o fewn yr wythnos."

"Diolch," meddai Violet. Roedd hi'n bedair ar ddeg, a hi oedd yr hynaf o'r plant Baudelaire. Byddai pawb oedd yn gyfarwydd â Violet yn gwybod nad oedd hi'n talu sylw llawn i eiriau Mr Poe, achos roedd ei gwallt wedi'i glymu ar dop ei phen, i'w gadw allan o'i llygaid. Roedd hyn yn arwydd sicr ei bod hi'n pendroni dros ryw ddyfais newydd, achos roedd Violet yn ddyfeisydd o fri a doedd dim byd yn cael torri ar draws yr holl gêrs, gwifrau a rhaffau roedd hi'n gweithio arnynt yn ei phen wrth feddwl am ei chreadigaethau.

"Ar ôl byw cyhyd yn y ddinas," aeth Mr Poe yn ei flaen, "rwy'n siŵr y byddwch chi'n teimlo bod byw yn y wlad yn newid braf. Dyma'r troad fan hyn. Bron â chyrraedd!"

"Diolch byth," meddai Klaus yn dawel. Fel llawer o bobl sy'n teithio mewn ceir, roedd Klaus wedi hen syrffedu a theimlai'n flin nad oedd wedi dod â llyfr gydag ef. Roedd Klaus wrth ei fodd yn darllen, ac er mai dim ond tua deuddeg oed oedd e, roedd wedi darllen mwy o lyfrau nag y bydd llawer o bobl yn eu darllen mewn oes. Weithiau, byddai'n darllen hyd yr oriau mân – sy'n golygu "yn hwyr iawn y nos" – ac yn y bore, dyna lle fyddai e, yn cysgu'n drwm a'i sbectol yn dal ar ei drwyn.

"Rwy'n meddwl y byddwch yn hoffi Dr Maldwyn hefyd," meddai Mr Poe. "Mae e wedi teithio'n helaeth, felly mae ganddo lwythi o straeon i'w hadrodd. Ac mae ei gartref yn llawn dop o bethau a gasglodd o wledydd tramor."

"Bacs!" gwichiodd Sunny. Hi oedd yr ieuengaf o'r amddifaid, ac fel y rhan fwyaf o fabanod, fel hyn roedd hi'n siarad fel arfer. Yn wir, siarad fel hyn a chnoi pethau â'i phedwar dant hynod finiog oedd yn mynd â'r rhan fwyaf o'i amser. Roedd yn anodd deall Sunny weithiau, ond y tro hwn mae'n siŵr ei bod hi'n golygu rhywbeth fel, "Rwy'n becso braidd am gwrdd â'r perthynas newydd 'ma!"

"Sut yn union mae Dr Maldwyn yn perthyn inni?" gofynnodd Klaus. Fel Sunny, roedd Violet ac yntau'n nerfus hefyd.

"Gadewch imi feddwl nawr," meddai Mr Poe. "Brawd gwraig cefnder eich diweddar dad. Ie, dyna'r berthynas, rwy'n meddwl. Gwyddonydd yw e ac mae'n derbyn llawer o arian gan y llywodraeth." Gan ei fod yn fanciwr, roedd arian yn bwysig i Mr Poe.

"Beth ddylen ni ei alw?" gofynnodd Klaus.

"Dr Maldwyn," atebodd Mr Poe. "Hynny yw, os nad yw e'n dweud wrthych am ei alw'n Maldwyn. Maldwyn yw ei enw cyntaf a'i ail enw."

"Maldwyn Maldwyn?" meddai Klaus gan wenu.

"Ie, ond rwy'n siŵr ei fod e'n sensitif am y peth. Rhaid ichi beidio â chellwair." Gyda hynny, pesychodd Mr Poe i'w hances drachefn, cyn ychwanegu, "Mae cellwair yn golygu 'tynnu coes'."

Ochneidiodd Klaus. "Rwy'n *gwybod* beth yw ystyr 'cellwair'," meddai. Bu bron iddo ag ychwanegu ei fod hefyd yn gwybod mai peth anghwrtais iawn yw gwneud hwyl am ben enwau pobl. Am eu bod nhw'n blant anffodus, roedd rhai pobl weithiau'n meddwl bod y Baudelairiaid yn dwp hefyd.

Ochneidiodd Violet, a thynnu'r ruban o'i gwallt. Roedd hi wedi bod yn ceisio dyfeisio ffordd o atal gwynt drwg y rhuddygl poeth rhag cyrraedd ei ffroenau, ond roedd hi'n rhy nerfus ynglŷn â chwrdd â Dr Maldwyn i ganolbwyntio'n iawn. "Ydych chi'n gwybod pa fath o wyddonydd yw e?" holodd. Efallai y byddai ganddo labordy, fyddai'n hynod o ddefnyddiol iddi gyda'i dyfeisiadau, meddyliodd.

"Dim syniad, mae'n flin gen i," cyfaddefodd Mr Poe. "Rwy wedi bod yn brysur iawn yn trefnu popeth ar eich cyfer. Ches i fawr o amser i ryw fân siarad. Ond edrychwch! Dyma'r dreif sy'n arwain at y tŷ. Ry'n ni yma!"

Gyrrodd Mr Poe'r car i fyny'r dreif serth tuag at dŷ cerrig anferth. Pren tywyll oedd drws y ffrynt, ac o bobtu iddo roedd colofnau portsh mawr crand.

Roedd goleuadau mewn siâp ffaglau o dân bob ochr i'r drws, a'r rheini wedi'u cynnau, er ei bod hi'n olau dydd. Uwchben drws y ffrynt roedd rhesi o ffenestri sgwâr, gyda'r rhan fwyaf ohonynt yn agored i adael awel y bore i mewn.

Ond o flaen y tŷ roedd rhywbeth a wnâi i'r lle edrych yn anghyffredin iawn: lawnt anferth, berffaith yr olwg, a pherthi hir, tenau wedi'u torri mewn siapiau rhyfedd ar y naw.

Wrth i Mr Poe ddod â'r car i'w unman, gallai'r plant Baudelaire weld mai wedi'u torri i edrych fel nadroedd roedd y perthi. Roedd pob perth yn edrych fel sarff wahanol – rhai'n hir, rhai'n fyr, rhai'n dangos eu tafodau ac eraill yn gegagored ac yn dangos dannedd gwyrdd dychrynllyd. Roedd golwg braidd yn frawychus arnynt, a theimlai Violet, Klaus a Sunny fymryn yn betrusgar wrth gerdded heibio iddynt at ddrws y ffrynt.

Doedd Mr Poe, oedd yn cerdded o'u blaenau, ddim fel petai e'n sylwi ar y perthi o gwbl; am ei fod e'n rhy brysur yn rhoi cyfarwyddiadau i'r plant, efallai. "Nawr, Klaus, paid â holi gormod. Violet, beth ddaeth o'r ruban yn dy wallt di? A da chi, gofalwch nad yw Sunny'n cnoi Dr Maldwyn. Fyddai hynny ddim yn ddechrau da o gwbl."

Canodd Mr Poe gloch y drws – y gloch fwyaf swnllyd a glywodd y plant erioed. Yna, gallent glywed sŵn traed ac edrychodd y tri ar ei gilydd, heb wybod beth i'w ddisgwyl. Doedd dim modd iddynt wybod, wrth gwrs, y byddai rhagor o anffawd yn dod i'w rhan cyn pen fawr o dro. Am y tro, y cwestiynau pwysig oedd: *Ydy Dr Maldwyn yn ddyn caredig? A fydd e'n well nag Iarll Olaf, o leiaf? Oes modd iddo fod hyd yn oed yn waeth?*

Gwichiodd y drws wrth agor yn araf, a daliodd yr amddifaid eu hanadl wrth rythu ar y fynedfa dywyll. Ar y llawr, gwelsant garped o liw bwrgwyn tywyll – math o liw coch yw "bwrgwyn" tebyg i liw gwin. Roedd addurn o wydr cain yn hongian o'r nenfwd. Ar y wal, gallent weld darlun wedi'i beintio mewn olew o ddwy sarff wedi'u clymu o gwmpas ei gilydd. Ond ble'r oedd Dr Maldwyn?

"Hylô?!" galwodd Mr Poe. "Oes 'ma bobol?"

"Hylô, hylô, hylô!" atebodd llais mawr cryf, ac ar

hynny camodd dyn byr, blonegog a chanddo wyneb crwn, coch o'r tu ôl i'r drws. "Fi yw eich Wncwl Mald, ac mae eich amseru'n berffaith. Newydd wneud teisen hufennog o gnau coco ydw i!"

PENNOD

Dau

"*Dyw* Sunny ddim yn hoff o gnau coco?" holodd
Wncwl Mald. Eisteddai Mr Poe a'r plant Baudelaire
wrth fwrdd gwyrdd, gyda thafell o deisen Wncwl
Mald o flaen pob un ohonynt. Roedd y deisen, fel y
gegin, yn dal yn gynnes ar ôl y pobi. Yn wir, roedd y
deisen yn ddigon o ryfeddod – creadigaeth
ysblennydd, yn llawn hufen a'r union faint cywir o
gnau coco. Tra bod Violet, Klaus ac
Wncwl Mald bron â gorffen eu
darnau nhw, ychydig iawn roedd
Mr Poe a Sunny wedi'i fwyta.

"A dweud y gwir," eglurodd
Violet, "dyw Sunny ddim yn
hoff o fwyta unrhyw beth

meddal. Mae'n well ganddi fwyd caled."

"Babi anarferol iawn," meddai Wncwl Mald. "Ond dyw hynny ddim yn anarferol ymysg nadroedd, wrth gwrs. Dyna ichi Wiber Cnoi Cil Ceinewydd, er enghraifft – neidr sy'n gorfod cael rhywbeth yn ei cheg drwy'r amser, neu fe fydd yn dechrau bwyta'i cheg ei hun. Anodd iawn cadw un mewn caethiwed. Fyddai'n well gan Sunny foronen heb ei choginio, efallai? Mae moron yn galed."

"Bydde moronen amrwd yn berffaith iddi, Dr Maldwyn," atebodd Klaus.

Cododd gwarchodwr cyfreithiol newydd y plant ar ei draed, a cherdded i gyfeiriad yr oergell, ond trodd yn ôl eto a chodi'i fys i gyfeiriad Klaus. "Dyna ddigon o'r 'Dr Maldwyn' 'na," meddai. "Galwch fi'n Wncwl Mald! Dyw hyd yn oed fy nghyd-herpetolegwyr ddim yn fy nghalw'n Dr Maldwyn!"

"Beth yw herpetolegwyr?" gofynnodd Violet.

"Beth *maen* nhw'n eich galw chi, 'te?" gofynnodd Klaus.

"Blantos, blantos!" meddai Mr Poe yn chwyrn. "Dyna ddigon o gwestiynau."

Gwenodd Wncwl Mald ar y plant. "Mae popeth yn iawn," meddai. "Mae cwestiynau'n arwydd o feddwl llawn chwilfrydedd. Ystyr y gair 'chwilfrydedd' yw …"

"'Dan ni'n gwybod ystyr y gair," mynnodd Klaus. "Bod yn 'llawn cwestiynau'."

"Wel, os felly," meddai Wncwl Mald gan estyn moronen fawr i Sunny, "fe ddylech wybod ystyr y gair 'herpetoleg'."

"Mae'n golygu eich bod chi'n astudio rhywbeth," dywedodd Klaus. "Pan mae *oleg* ar ddiwedd gair, mae'n golygu astudiaeth o rywbeth."

"Nadroedd!" bloeddiodd Wncwl Mald. "Nadroedd, nadroedd, nadroedd! Dyna be dwi'n eu hastudio. Rwy'n gwirioni ar nadroedd, pob math ohonyn nhw. Fe deithiais y byd yn chwilio am wahanol fathau, er mwyn cael eu hastudio nhw yma, yn y labordy! Diddorol yntê?"

"Diddorol *iawn*," meddai Violet. "Ond dydy e hefyd ddim yn hynod beryglus?"

"Ddim pan fyddwch chi'n gwybod y ffeithiau," meddai Wncwl Mald. "Mr Poe, hoffech chi foronen amrwd hefyd? Rydych chi prin wedi cyffwrdd â'ch teisen."

Aeth Mr Poe yn goch i gyd, a phesychodd i'w hances am sbel go hir cyn ateb, "Na, dim diolch, Dr Maldwyn."

Winciodd Wncwl Mald ar y plant. "Mae croeso i chithau hefyd fy ngalw i'n Wncwl Mald."

"Diolch yn fawr, Wncwl Mald," atebodd Mr Poe yn lletchwith. "Nawr, mae gen *innau* gwestiwn i'w ofyn, os nad oes ots 'da chi. Fe sonioch eich bod chi'n teithio'r byd. Ydy hynny'n golygu y bydd rhywun arall yn dod i mewn i warchod y plant tra byddwch chi dramor yn chwilio am nadroedd?"

"Fyddwn ni ddim angen neb i'n gwarchod ni," prysurodd Violet, er nad oedd hi mor siŵr o hynny go iawn. Roedd gwaith Wncwl Mald yn swnio'n hynod o ddiddorol, ond wyddai hi ddim pa mor barod oedd hi i aros yno ar ei phen ei hun gyda'i brawd a'i chwaer a llond y tŷ o nadroedd.

"Dim o'r fath beth," meddai Wncwl Mald. "Rhaid i'r tri ddod gyda mi. Ymhen deg diwrnod, byddwn yn gadael am Beriw – ac rwy am i chi blant fod yno gyda mi, ynghanol y jyngl."

"Wir-yr?" meddai Klaus. Trwy ei sbectol gallai pawb weld y cyffro yn ei lygaid. "Ydych chi wir am fynd â ni i Beriw?"

"Mi fydd yn dda gen i gael eich help," meddai Wncwl Mald, gan estyn am y darn o deisen roedd Sunny wedi'i gadael ar ei phlât. "Dim ond ddoe ddiwethaf fe adawodd Gwstaf, fy mhrif gynorthwyydd, lythyr ymddiswyddiad imi. Rwy wedi penodi dyn o'r enw Steffano i gymryd ei le, ond all hwnnw ddim dechrau tan yr wythnos nesaf. Felly, rwy ymhell ar 'i hôl hi gyda'r trefniadau. Rhaid i rywun wneud yn siŵr bod yr holl drapiau nadroedd yn gweithio'n iawn, a gofalu na chaiff yr un neidr niwed. Rhaid i rywun ddarllen yn helaeth am ddaearyddiaeth Periw, neu wnawn ni byth ffeindio'n ffordd drwy'r jyngl. A rhaid i rywun dorri rhaff anferth yn ddarnau o faint mwy defnyddiol."

"Mae gen i ddiddordeb mewn peirianneg," meddai Violet, gan lyfu'i fforc. "Rwy'n fwy na hapus i ddysgu am drapiau nadroedd."

"Rwy wrth fy modd gyda llyfrau teithio," meddai

Klaus, gan sychu'i geg â napcyn. "Felly, pleser pur fyddai mynd i'r afael â daearyddiaeth Periw."

"Cnaff!" gwichiodd Sunny, cyn cnoi ar ei moronen. Yr hyn a olygai, mwy na thebyg, oedd, "Fe fyddwn i wrth fy modd yn cnoi'r rhaff yn ddarnau o faint defnyddiol!"

"Gwych!" llefodd Wncwl Mald. "Dyna dda gweld cymaint o frwdfrydedd. Bydd yn ei gwneud yn llawer haws i ymdopi heb Gwstaf. Peth rhyfedd ar y naw oedd iddo adael mor ddisymwth. Anffodus iawn."

Clafychodd wyneb Wncwl Mald – gair sydd yma'n golygu i'w wyneb "droi'n llwyd-ddu, fel petai dan gwmwl". Meddwl am ei anlwc oedd e, ond petai wedi gwybod am yr anffawd oedd ar fin dod i'w ran, ni fyddai wedi gwastraffu eiliad yn meddwl am golli Gwstaf. Byddai'n dda gen i petawn i wedi gallu mynd yn ôl mewn amser i'w rybuddio – ac rwy'n siŵr y carech chithau wneud yr un peth hefyd – ond fedrwn ni ddim, a dyna ni!

Roedd Wncwl Mald yn meddwl yr un peth hefyd, mae'n ymddangos, wrth iddo ysgwyd ei ben, gwenu a rhoi'i ofid heibio. "Gwell inni fwrw iddi," meddai.

"Deuparth gwaith ei ddechrau. Dyna fydda' i wastad yn ei ddweud." Hen ymadrodd da sy'n golygu fod y rhan anoddaf o unrhyw waith wedi'i wneud pan fyddwch chi wedi cychwyn arno yw "deuparth gwaith ei ddechrau". "Ewch i hebrwng Mr Poe i'w gar," meddai Wncwl Mald, "ac yna, fe ddangosa i Ystafell yr Ymlusgiaid ichi."

Er mor bryderus y teimlai'r plant wrth gerdded rhwng y perthi siâp nadroedd pan gyrhaeddon nhw, fe ruthrodd y tri yn ôl ar hyd yr un llwybr yn llawen wrth hebrwng Mr Poe yn ôl at y car.

"Nawr, blant," meddai Mr Poe, pan gyrhaeddodd y pedwar y car, gan besychu i'w hances, "fe fydda i'n ôl ymhen rhyw wythnos i wneud yn siŵr fod popeth yn iawn, ac fe ddof â'ch bagiau i gyd bryd hynny. Cofiwch, fe all hi gymryd peth amser ichi deimlo'n gwbl gysurus 'da Dr Maldwyn …"

"O, na. Rwy'n teimlo'n gwbl gysurus 'dag e'n barod," torrodd Klaus ar ei draws.

"Rwy'n ysu am gael gweld Ystafell yr Ymlusgiaid," meddai Violet yn gyffro i gyd.

"Hwchi!" meddai Sunny, oedd mwy na thebyg yn

gymysgedd o "Hwyl fawr!" a "Da bo chi!"

"Wel, da bo chi!" cytunodd Mr Poe. "Cofiwch, dim ond ergyd carreg i ffwrdd ydw i, yn y ddinas. Os oes gennych unrhyw broblemau, cysylltwch â mi."

Diolchodd y plant iddo am eu gyrru yno, a chwifiodd Mr Poe ei hances yn lletchwith arnynt wrth fynd i mewn i'w gar a gyrru'n ôl tua Lôn Chwain. Gobeithio y byddai'n gofalu i gadw'r ffenestri i gyd ynghau er mwyn cadw gwynt y rhuddygl poeth o'r car, meddyliodd y tri, gan chwifio'n ôl arno.

"*Bambini!*" gwaeddodd Wncwl Mald o ddrws y ffrynt. "Dewch ymlaen, bambini!"

Rhuthrodd y Baudelairiaid yn ôl rhwng y perthi i gyfeiriad y tŷ at eu gwarchodwr newydd. "*Violet!*" mynnodd Violet. "Fy enw i yw Violet. Klaus yw enw fy mrawd a Sunny yw enw fy chwaer. Does yma neb o'r enw Bambini, Wncwl Mald."

"Y gair Eidalaidd am blant yw 'Bambini'," eglurodd Wncwl Mald. "Roedd arna i awydd siarad mymryn o Eidaleg am eiliad. Rydw i mor gyffrous yn eich cael chi yma, synnwn i fawr na fydda i'n siarad dwli toc!"

"Chawsoch chi erioed blant eich hunan?" gofynnodd Violet.

"Naddo, gwaetha'r modd," atebodd. "Ro'n i wedi bwriadu chwilio am wraig, a magu teulu, ond fe anghofies wedi'r cwbl. Beth am imi ddangos Ystafell yr Ymlusgiaid ichi?"

"Os gwelwch yn dda," meddai Klaus.

Aeth Wncwl Mald â nhw heibio'r darlun o ddwy sarff yn y cyntedd, ac i mewn i ystafell anferth ac ynddi risiau mawreddog a nenfydau gwirioneddol uchel. "I fyny acw mae eich ystafelloedd chi," meddai, gan gyfeirio at y grisiau. "Fe gaiff pob un ohonoch ddewis pa ystafell hoffech chi. Croeso ichi symud y dodrefn o gwmpas i blesio'ch hunain. Gan nad oedd lle yn y car bach pitw 'na sydd gan Mr Poe, bydd raid ichi wneud rhestr o bethau sydd eu hangen ar frys arnoch chi ac fe awn ni i'r dref fory i'w prynu nhw. 'Dych chi ddim am orfod gwisgo'r un dillad isaf am wythnos, rwy'n siŵr!"

"Gaiff pob un ohonon ni ystafell i ni'n hunain, go iawn?" gofynnodd Violet.

"Wrth gwrs," atebodd Wncwl Mald. "Go brin

'mod i'n mynd i wthio'r tri ohonoch i mewn i un ystafell pan mae gen i gymaint o le gwag. Pa fath o berson fyddai'n breuddwydio am wneud y fath beth?"

"Iarll Olaf," atebodd Klaus.

"O, ie. Fe soniodd Mr Poe wrtha i amdano fe," meddai Wncwl Mald, gan wingo fel petai newydd deimlo blas cas yn ei geg. "Dyn drwg dros ben, yn ôl y sôn. Gobeithio y caiff e 'i rwygo'n ddarnau gan anifeiliaid rheibus rhyw dydd. Fe fydde hynny'n eitha peth, yn bydde? Wel, dyma ni: Ystafell yr Ymlusgiaid."

Roedd Wncwl Mald wedi cyrraedd drws tal, gyda'r ddolen i'w agor yn ei ganol. Roedd y drws mor dal nes bod yn rhaid i Wncwl Mald sefyll ar flaenau'i draed i droi'r ddolen. Pan agorodd y drws, ochneidiodd y plant amddifad mewn rhyfeddod wrth weld yr ystafell o'u blaenau.

Ystafell wedi'i gwneud yn gyfan gwbl o wydr oedd Ystafell yr Ymlusgiaid – gwydr clir oedd y muriau, ac roedd y nenfwd uchel o wydr hefyd, yn codi i bwynt yn y canol, fel nenfwd mewn Eglwys Gadeiriol. Gan fod cae o borfa las a llwyni y tu allan, a'r muriau'n dryloyw – gair sy'n golygu bod modd gweld trwyddyn nhw – roedd sefyll ynghanol Ystafell yr Ymlusgiaid fel bod y tu mewn a'r tu fas ar yr un pryd. Ond er mor syfrdanol oedd yr ystafell ei hun, yr hyn oedd yn gwneud Ystafell yr Ymlusgiaid yn wirioneddol gyffrous oedd yr hyn oedd ynddi. Ar fyrddau pren, a osodwyd mewn pedair rhes dwt, roedd cewyll metel, lle roedd yr ymlusgiaid yn byw.

Roedd yno nadroedd, wrth gwrs, a madfalloedd, llyffantod a chreaduriaid amrywiol eraill; rhai nad oedd y plant wedi eu gweld erioed o'r blaen, ddim hyd yn oed mewn lluniau nac yn y sw. Roedd yno ddau lyffant tew gydag adenydd yn codi o'u cefnau, madfall a chanddi ddau ben a streipiau melyn llachar dros ei bola, a neidr gyda thair ceg, un ar ben y llall. Doedd gan neidr arall yr un ceg o gwbl, yn ôl pob golwg. Roedd yna fadfall a edrychai fel tylluan, yn rhythu arnynt â'i llygaid llydan oddi ar y boncyff pren yn ei chaets, a llyffant a edrychai fel eglwys, gan gynnwys llygaid a edrychai fel ffenestri o wydr lliw. Dros un gawell roedd lliain gwyn wedi'i daenu, fel nad oedd modd gweld beth oedd yn byw yno.

21

Cerddodd y plant i fyny ac i lawr rhwng y rhesi, gan rythu mewn tawelwch ar bopeth, a chododd Klaus Sunny'n ddigon uchel iddi allu gweld i mewn i'r cewyll. Edrychai rhai o'r creaduriaid yn ddigon cyfeillgar, ond roedd golwg frawychus iawn ar eraill. Un peth oedd yn sicr ym meddyliau'r Baudelairiaid, roedd pob un ohonyn nhw'n hynod o ddiddorol.

Cymaint oedd diddordeb yr amddifaid, sylwon nhw ddim ar yr hyn oedd ym mhen pellaf Ystafell yr Ymlusgiaid. Roedden nhw wedi cerdded yn ôl ac ymlaen ar hyd pob rhes gan gyrraedd diwedd y bedwaredd res, cyn cael eu rhyfeddu unwaith eto. Yno, ar ddiwedd y rhesi ar resi o gewyll, ac er mawr foddhad iddynt, roedd rhesi ar resi o silffoedd llyfrau, yn llawn dop o lyfrau o bob lliw a llun, a chlwstwr o fyrddau, cadeiriau a lampau ar gyfer darllen mewn un cornel.

Byddwch yn cofio, rwy'n siŵr, bod gan rieni'r plant lyfrgell anferth yn eu cartref cyn iddo losgi'n ulw, a byth ers hynny byddent wrth eu bodd yn cyfarfod â rhywun oedd yn caru llyfrau cymaint â nhw'u hunain. Cymerodd Violet, Klaus a Sunny lawn cymaint o ddiddordeb yn y llyfrau ag a wnaethon nhw yn yr ymlusgiaid, gan sylweddoli'n syth bìn mai llyfrau am nadroedd oedd y rhan fwyaf ohonynt. Yn ôl pob golwg, roedd pob llyfr a ysgrifennwyd erioed ar ymlusgiaid yno, o *Cyflwyniad i Fadfalloedd Mawr* i *Sut i Ofalu am y Cobra Di-ryw a'i Fwydo*, ac edrychai'r plant ymlaen yn fawr at eu darllen nhw bob un.

"Am le rhyfeddol!" meddai Violet o'r diwedd, gan dorri ar y tawelwch.

"Diolch yn fawr," meddai Wncwl Mald. "Mae wedi bod yn waith oes i mi eu casglu nhw i gyd."

"Ac mae 'da ni hawl i ddod yma, oes?" gofynnodd Klaus.

"*Hawl?*" ailadroddodd Wncwl Mald. "Nid *hawl* sy 'da chi! Rwy'n *mynnu*'ch bod chi'n dod 'ma, 'machgen annwyl i. Gan ddechrau ben bore fory, rhaid ichi i gyd ddod yma bob dydd i baratoi ar gyfer ein taith i Beriw. Fe wna i glirio un o'r byrddau acw iti, Violet, fel y galli di ddechrau darllen am y trapiau. Klaus, rwy'n disgwyl i ti bori drwy bopeth sy 'ma am Beriw, a gwneud nodiadau. Gall Sunny eistedd ar y llawr a chnoi rhaff. Ar ôl gweithio drwy'r dydd, a chael swper, fe awn ni i gyd i'r sinema. Unrhyw wrthwynebiad?"

Edrychodd Violet, Klaus a Sunny ar ei gilydd. Unrhyw *wrthwynebiad*, wir? Newydd adael tŷ atgas Iarll Olaf oedd y Baudelairiaid. Yno roedden nhw wedi gorfod torri coed tân a glanhau'r lle ar ôl y lanast roedd e a'i ffrindiau wedi'i wneud, tra oedd e'n brysur yn cynllwynio sut i ddwyn eu harian. Roedd Wncwl Mald, ar y llaw arall, newydd ddisgrifio ffordd wych o dreulio'u hamser, a gwenodd y tri arno'n frwd. Doedd ganddyn nhw'r un gwrthwynebiad, nagoedd wir!

Wrth iddyn nhw syllu eto mewn rhyfeddod ar yr ystafell, dychmygai Violet, Klaus a Sunny fod eu gofidiau ar ben o'r diwedd. Doedd hynny ddim yn wir, wrth gwrs. Ddim o bell ffordd. Ond am y tro, gallai'r tri deimlo'n hapus, yn gyffrous ac yn obeithiol.

"Na, na, na," gwaeddodd Sunny, fel petai hi'n cynnig ateb hwyr i gwestiwn Wncwl Mald.

"Gwych! Gwych!" meddai Wncwl Mald gan wenu. "Nawr 'te, pwy sydd am gael pa ystafell wely?

Beth am fynd i weld …"

"Wncwl Mald?" gofynnodd Klaus yn swil. "Mae gen i un cwestiwn."

"Beth yw hwnnw, 'te?"

"Beth sydd yn y gawell gyda'r lliain trosto?"

Edrychodd Wncwl Mald i gyfeiriad y gawell, ac yna edrychodd ar y plant. Goleuodd ei wyneb mewn gwên gynnes. "Yn y gawell acw, 'machgen i, mae neidr newydd y dois i o hyd iddi ar fy nhaith ddiwethaf. Fi a Gwstaf yw'r unig ddau i'w gweld erioed. Byddaf yn ei chyflwyno i'r Gymdeithas Herpetoleg fis nesaf fel darganfyddiad newydd sbon. Ond rwy'n hapus iawn i'w dangos i chi eich tri. Dewch 'da fi …"

Dilynodd y Baudelairiaid Wncwl Mald at y cawell oedd wedi'i orchuddio, a chyda "Swish!" ddramatig tynnodd y gorchudd oddi arno. O'i fewn, roedd clamp o neidr fawr ddu, cyn ddued â bol buwch ac mor drwchus â'r biben ddŵr sy'n rhedeg i lawr talcen eich tŷ o'r to. Edrychai'n syth i gyfeiriad y plant gyda'i llygaid sgleiniog gwyrdd. Gyda'r lliain wedi'i gipio ymaith, dechreuodd y neidr ddatgylchu'i hun gan ymestyn ei chorff o gwmpas ei chartref cyfyng.

"Gan mai fi sydd wedi'i darganfod hi, gen i mae'r hawl i'w henwi," meddai Wncwl Mald.

"Beth yw ei henw, 'te?" gofynnodd Violet.

"Y Wiber Farwol ar y Naw," atebodd Wncwl Mald, ac wrth iddo siarad, fe ddigwyddodd rhywbeth diddorol ar y naw, hefyd – rhywbeth a fydd o ddiddordeb mawr i chi, rwy'n siŵr. Gan fflicio'i chynffon, llwyddodd y neidr i ddatgloi'r bollt ar ddrws y gawell. Llithrodd allan ar y bwrdd, a chyn i Wncwl Mald na'r plant gael cyfle i ddweud gair, agorodd ei cheg a chnoi Sunny ar ei gên.

PENNOD

Tri

Mae'n flin iawn gen i eich gadael chi fel'na ar bigau'r drain – ymadrodd, fel y gwyddoch, rwy'n siŵr, sy'n golygu "yn bryderus iawn ac ar dân eisiau gwybod beth sy'n digwydd nesaf", ond gwelais wyneb y cloc yn sydyn a sylweddoli 'mod i ar ei hôl hi braidd. Roedd ffrind da iawn i mi, Madame diLustro, wedi fy ngwahodd i ginio crand iawn. Mae Madame diLustro'n dditectif glew, yn gogyddes benigamp, ac yn mynd yn wyllt gacwn os ydych chi hyd yn oed bum munud yn hwyrach yn cyrraedd na'r amser a nodwyd ar y gwahoddiad. Dyna pam y bu'n rhaid imi adael stori'r Baudelairiaid am y tro, a'ch gadael chithau ar bigau'r drain.

Rhaid eich bod wedi tybio bod Sunny wedi marw, ac mai dyma'r digwyddiad anffodus a ddaeth i ran yr amddifaid tra oedden nhw'n aros gydag Wncwl Mald. Ond rwy'n addo ichi bod Sunny wedi goroesi'r bennod hon. Fan hyn, mae'r gair "goroesi" yn golygu ei bod hi "wedi para'n fyw ar ôl y digwyddiad hwn". Wncwl Mald, yn anffodus, yw'r un fydd yn marw – maes o law. Ond mae yntau hefyd wedi goroesi'r digwyddiad hwn, felly ddim eto!

Wrth i ddannedd y Wiber Farwol ar y Naw gau am ên Sunny, gwyliai Violet a Klaus mewn arswyd wrth i'r un fach gau ei llygaid. Yna, gan symud mor sydyn ag y gwnaeth y neidr ei hun, agorodd Sunny ei llygaid drachefn, gwenu'n llon a chnoi'r Wiber Farwol ar y Naw yn ôl, ar ei thrwyn pitw. Gollyngodd y neidr ei gafael ar yr ên, a gallai Violet a Klaus weld nad oedd prin farc yno ar ei hôl. Edrychodd y ddau ar Wncwl Mald ac edrychodd Wncwl Mald yn ôl arnynt hwythau gan chwerthin. Chwarddodd mor harti nes bod y sŵn yn adleisio oddi ar furiau gwydr yr ystafell.

"Beth wnawn ni, Wncwl Mald?" gofynnodd Klaus

mewn anobaith.

"O, mae'n flin gen i, blant annwyl," meddai Wncwl Mald, gan sychu'i lygaid â'i law. "Rhaid eich bod chi wedi cael llond twll o ofn. Ond un o'r creaduriaid *lleiaf* peryglus a mwyaf cyfeillgar ym myd natur i gyd yw'r Wiber Farwol ar y Naw. Ddaw dim drwg i Sunny, nac i chithau."

Edrychodd Klaus ar ei chwaer fach, oedd yn dal yn ei freichiau, a dyna lle'r oedd hi'n cofleidio'r neidr yn chwareus, a sylweddolodd fod Wncwl Mald yn dweud y gwir. "Os felly," meddai, "pam mae hi'n cael ei galw'n Wiber Farwol ar y Naw?"

"Fi sydd wedi dewis ei cham-enwi," eglurodd Wncwl Mald gan chwerthin eilwaith. "Rwy'n mynd i'w chyflwyno i'r Gymdeithas Herpetoleg, fel dywedes i, ac rwy am godi llond twll o ofn arnyn nhw cyn datgelu bod y neidr newydd hon yn gwbl ddiniwed! Duw a ŵyr, maen nhw wedi tynnu fy nghoes i ddigonedd o weithiau oherwydd fy enw. 'Sut mae, sut mae, Maldwyn Maldwyn?' medden nhw drwy'r amser. Neu 'Pa hwyl, pa hwyl, Maldwyn Maldwyn?' Yn y gynhadledd eleni, rwy'n mynd i dalu'r pwyth yn ôl. Y fi fydd yr un yn chwerthin bryd hynny, coeliwch fi."

Sythodd Wncwl Mald i'w lawn dwf a dechrau siarad mewn llais gwyddonol, gwirion. "'Gyfeillion,' ddyweda i, 'carwn eich cyflwyno i rywogaeth newydd sbon, y Wiber Farwol ar y Naw, y dois i o hyd iddi yng nghoedwigoedd de-orllewin … O! Mawredd Dad! Mae hi wedi dianc!' Ac yna, pan fydd fy nghyd-herpetolegwyr wedi neidio i ben y gadair agosaf ac yn sgrechian mewn ofn, fe ddyweda i wrthyn nhw na fyddai'r neidr hon yn gwneud niwed i neb! Dyna i chi hwyl, yntê?"

Edrychodd Violet a Klaus ar ei gilydd, ac yna dechreuodd y ddau chwerthin – yn rhannol o ryddhad am fod Sunny'n iawn, ac yn rhannol am eu bod nhw'n hoffi'r tric roedd Wncwl Mald yn bwriadu ei chwarae.

Rhoddodd Klaus Sunny ar y llawr a dilynodd y Wiper Farwol ar y Naw hi, gan glymu'i chynffon yn smala o'i chwmpas, yn eitha tebyg i'r ffordd y byddwch chi'n rhoi eich braich o gwmpas rhywun rydych yn hoff ohono.

"Oes 'na rai nadroedd yn yr ystafell sy'n beryglus *go iawn?*" gofynnodd Violet.

"Debyg iawn," atebodd Wncwl Mald. "Allwch chi ddim astudio nadroedd am ddeugain mlynedd heb ddod ar draws rhai peryglus. Mae gen i gwpwrdd llawn samplau o bob gwenwyn a gynhyrchir gan bob neidr wenwynig y gwyddom ni amdani, er mwyn i mi allu astudio sut mae'r nadroedd gwenwynig hyn yn gweithio. Yn yr ystafell hon, mae yna un neidr y mae ei gwenwyn mor angheuol fel y byddai'ch calon wedi stopio curo cyn ichi sylweddoli fod dim wedi'ch cnoi. Gall neidr arall agor ei cheg mor llydan, fe fedrai ein llyncu ni i gyd, gyda'n gilydd, ar un tro. Mae yma bâr o nadroedd eraill sy wedi dysgu gyrru car mewn modd mor ddienaid allen nhw'ch bwrw chi i lawr yn y stryd heb hyd yn oed aros i ymddiheuro. Ond mae pob un o'r nadroedd hynny mewn cewyll tipyn cryfach, ac mae'n bosibl eu trin pan fyddwch chi wedi astudio digon arnynt. Rwy'n addo na ddaw unrhyw niwed ichi yn Ystafell yr Ymlusgiaid, dim ond ichi gymryd yr amser i ddysgu'r ffeithiau."

Mewn unrhyw fath o stori, fe ddowch chi'n aml at sefyllfa sy'n cael ei galw'n "eironi dramatig", ac mae'n flin gen i ddweud ein bod wedi dod at sefyllfa o'r fath yn awr yn hanes yr amddifaid Baudelaire. Yn syml, mae "eironi dramatig" yn golygu bod rhywun yn gwneud rhyw sylw digon diniwed, ond bod rhywun arall sy'n bresennol – neu chi sy'n darllen neu'n gwylio ffilm neu ddrama – yn gwybod mwy na'r person wnaeth y sylw. Mae'r sylw wedyn yn golygu rhywbeth gwahanol i'r hyn mae'r person ddywedodd e'n ei feddwl – rhywbeth annymunol fel arfer. Er enghraifft, petaech chi mewn tŷ bwyta ac yn dweud yn uchel, "Rwy'n edrych ymlaen at fwyta'r cig eidion a'r tatws rhost" a bod pawb arall yno'n gwybod bod y cig eidion a'r taws rhost yn wenwynig, mi fyddech chi bryd hynny mewn sefyllfa o "eironi dramatig". Mi fyddech chi hefyd ar fin marw o wenwyn bwyd, efallai, ond peth creulon fel yna yw eironi dramatig fel arfer.

Gwaetha'r modd, mae gyda ni sefyllfa o eironi dramatig fan hyn. Am bod Violet, Klaus a Sunny yn cael bywyd mor annifyr o anffodus, dim ond mater o amser oedd hi cyn i sefyllfa o'r fath godi'i phen, mae'n ddrwg gen i ddweud.

Wrth inni wrando ar Wncwl Mald yn sicrhau'r plant na ddaw niwed i'w rhan yn Ystafell yr Ymlusgiaid, fe ddylen ni ddechrau cael y teimlad annifyr hwnnw a ddaw fel arfer gydag eironi dramatig. Yr un math o deimlad yw e â hwnnw gewch chi mewn lifft sy'n plymio i lawr ar gyflymdra mawr, neu pan fydd gwich drws y wardrob yn eich deffro yng nghanol y nos ac rydych chi'n gweld y person sydd wedi bod yn cuddio yno. Waeth pa mor hapus oedd y plant ar y foment honno, na pha mor gysurlon y swniai geiriau Wncwl Mald, rydych chi a fi'n gwybod bod Wncwl Mald ar fin marw, a bod bywydau'r Baudelairiaid ar fin troi'n drist a diflas unwaith eto.

Serch hynny, yn ystod yr wythnos ganlynol, cafodd y plant Baudelaire amser bendigedig yn eu cartref newydd. Bob bore, fe fydden nhw'n deffro ac yn gwisgo ym mhreifatrwydd eu llofftydd eu hunain. Roedd Violet wedi dewis ystafell ag iddi ffenestr anferth yn edrych allan dros y perthi siâp nadroedd a'r lawnt ym mlaen y tŷ. Ei gobaith oedd y câi hi ysbrydoliaeth i ddyfeisio pethau wrth edrych ar yr olygfa. Gyda chaniatâd Wncwl Mald, roedd hi wedi gosod darnau mawr o bapur gwyn ar y waliau â phinnau bawd, fel y gallai lunio diagramau a chynlluniau o unrhyw syniadau fyddai'n ei tharo, hyd yn oed os oedd syniad da yn dod iddi yng nghanol y nos.

Dewisodd Klaus ystafell lle'r oedd alcof clyd, perffaith ar gyfer darllen. Cilfach fechan yw "alcof" a chafodd Klaus ganiatâd Wncwl Mald i gario cadair â chlustogau moethus arni o'r lolfa, ynghyd â lamp bres drom er mwyn iddo allu darllen. Yn hytrach na darllen yn y gwely bob nos, byddai'n gwneud ei hun yn gysurus yn y gadair gyda llyfr o lyfrgell Wncwl Mald, a byddai yno weithiau tan y bore.

Yr ystafell rhwng ystafelloedd Violet a Klaus oedd dewis Sunny, a llenwodd y lle â phob math o wrthrychau bach caled y daeth hi o hyd iddyn nhw o gwmpas y tŷ, er mwyn gallu eu cnoi pryd bynnag y dymunai. Roedd yno hefyd nifer o deganau ar gyfer y Wiber Farwol ar y Naw, er mwyn i'r ddwy allu chwarae gyda'i gilydd ambell waith.

Ond hoff le'r Baudelairiaid oedd Ystafell yr Ymlusgiaid. Bob bore, ar ôl brecwast, fe fydden nhw'n ymuno ag Wncwl Mald – byddai ef yno eisoes yn brysur yn paratoi ar gyfer y daith i Beriw. Byddai Violet yn eistedd wrth fwrdd gyda rhaffau, gêrs a chewyll er mwyn adeiladu gwahanol fathau o drapiau nadroedd a darganfod sut i'w gweithio, eu trwsio a gwneud gwelliannau iddynt, er mwyn eu gwneud yn fwy cysurus ar gyfer taith hir y nadroedd o Beriw yn ôl i dŷ Wncwl Mald. Eisteddai Klaus gerllaw yn darllen a gwneud nodiadau er mwyn gallu cyfeirio atynt yn nes ymlaen; a byddai Sunny'n eistedd ar y llawr yn cnoi trwy raff hir, er mwyn creu darnau oedd yn llai o faint ac yn fwy defnyddiol. Ond gwell na'r cyfan hyn i gyd oedd dysgu am ymlusgiaid. Wrth fwrw ati gyda'r gwaith, dangosodd Wncwl Mald y Fadfall Fuwch Alasgaidd iddyn nhw – creadur hir, gwyrdd oedd yn cynhyrchu llaeth blasus iawn. Cyflwynodd nhw i'r Llyffant Anghytsain, oedd yn gallu dynwared y llais dynol trwy grawcio. Dysgodd iddyn nhw sut i drin a thrafod Madfall Ddu'r Dŵr heb gael y lliw roedd honno'n ei gynhyrchu ar hyd eu dwylo, a sut i wybod pryd oedd y Peithon Croendenau mor groendenau nes mai gwell fyddai gadael llonydd iddo. Gyda'r Llyffant Ebill Gwyrdd, rhaid oedd cofio peidio â rhoi gormod o ddŵr iddo, a'r gyfrinach gyda'r Blaidd-neidr Virginia oedd gofalu na châi byth fynd ar gyfyl cyfrifiadur.

Tra oedd yn sôn wrth y plant am y gwahanol ymlusgiaid, byddai Wncwl Mald yn aml yn dilyn sgwarnogod eraill. Byddwch yn gwybod, rwy'n siŵr, nad yw "dilyn sgwarnog" fan hyn yn golygu dilyn sgwarnogod o gwbl, ond yn hytrach "crwydro oddi ar y pwynt a dilyn straeon diddorol eraill", yn ymwneud â'i deithiau, fel arfer. Byddai'n disgrifio'r dynion, y nadroedd, y gwragedd, y plant a'r madfallod roedd wedi dod ar eu traws. Cyn bo hir, roedd y Baudelairiaid hwythau'n adrodd eu stori wrth Wncwl Mald, gan sôn am eu rhieni a chymaint roedden nhw'n hiraethu ar ôl y ddau. Byddai Wncwl Mald a'r plant yn mwynhau straeon ei gilydd gymaint nes bod yn rhaid llowcio'u swper ar ras ambell noson er mwyn gwasgu i mewn i jîp yr herpetolegydd a rhuthro i'r sinema mewn pryd i weld y ffilm.

Un bore, fodd bynnag, fe fwytodd y tri phlentyn eu brecwast ar hast, a rhuthro i mewn i Ystafell yr Ymlusgiaid. Ond doedd Wncwl Mald ddim yno, ac roedd wedi gadael y nodyn canlynol:

Annwyl Bambini

Wedi mynd i'r ddinas i nôl rhai pethau munud olaf ar gyfer ein taith: chwistrell rhag brathiad gwenyn meirch Periw, brwsys dannedd, tun o eirin gwlanog a chanŵ na ellir ei losgi. Cael a chael fydd hi i ddod o hyd i'r eirin gwlanog, efallai, felly peidiwch â disgwyl fy ngweld yn ôl cyn amser swper.

Mae Steffano, sy'n dod atom yn lle Gwstaf, yn cyrraedd heddiw mewn tacsi. Cofiwch roi croeso cynnes iddo. Deuddydd sydd i fynd cyn ein taith, felly pawb i weithio'n galed heddiw, os gwelwch yn dda.

Eich ewythr penchwiban,

Mald

"Beth yw ystyr 'penchwiban'?" gofynnodd Violet, ar ôl darllen y neges.

"'Cyffrous, a'i ben yn y gwynt'," atebodd Klaus, oedd wedi dod ar draws y gair mewn casgliad o farddoniaeth rywdro. "Mae'n teimlo'n gyffrous ynghylch mynd i Beriw, siŵr o fod. Neu am fod ei gynorthwy-ydd newydd yn cyrraedd heddiw."

"Efallai ei fod e jest yn hapus am ein bod ni gydag e," meddai Violet.

"Caffan!" gwichiodd Sunny, oedd mwy na thebyg yn golygu, "Neu efallai ei fod e'n hapus oherwydd y pethau hyn i gyd."

"Rwy'n teimlo'n reit benchwiban fy hun," meddai Klaus. "Mae bywyd gydag Wncwl Mald yn hwyl."

"Digon gwir," cytunodd Violet. "Ar ôl y tân, doeddwn i ddim yn meddwl y byddwn i byth yn hapus eto. Ond does dim gofidiau yma ac rwyf wrth fy modd."

"Rwy'n dal i hiraethu am ein rhieni," meddai Klaus. "Er bod Wncwl Mald yn hyfryd, fe fyddwn i'n hoffi petaen ni'n dal i fyw yn ein cartref ein hunain."

"Wrth gwrs," dywedodd Violet yn sydyn. Yna oedodd am foment cyn ychwanegu rhywbeth oedd wedi bod ar ei meddwl ers diwrnod neu ddau, "Dwi ddim yn meddwl y byddwn ni byth yn stopio hiraethu am ein rhieni. Ond efallai y gallwn ni hiraethu ar eu holau heb deimlo'n ddiflas drwy'r amser. Fydden nhw ddim am inni fod yn ddiflas."

"Wyt ti'n cofio'r prynhawn gwlyb 'na pan arhoson ni yn y tŷ a pheintio ewinedd ein traed yn goch?" meddai Klaus yn ddwys.

"Ydw," atebodd Violet, gan wenu, "ac fe gollais i beth o'r farnish dros y gadair felen."

"Salw!" meddai Sunny'n dawel, oedd mwy na thebyg yn golygu, "A ddaeth y staen byth allan!" Gwenodd y tri ar ei gilydd, gan ddechrau ar waith y dydd heb yngan gair arall. Felly y buon nhw weddill y bore – y tri'n gweithio'n dawel gan sylweddoli nad oedd y dedwyddwch a deimlent yno yng nghartref Wncwl Mald yn lleihau dim ar eu hiraeth am eu rhieni.

Ffaith drist i'w nodi yw na fyddai'r plant yn cael oriau o ddedwyddwch tawel fel hyn am beth amser eto. Ond dyna fe, fel 'na mae hi! Dechrau meddwl am eu cinio oedden nhw pan glywson nhw gar yn dod i stop o flaen y tŷ. Roedd Steffano wedi cyrraedd, meddyliodd y tri. Roedd diflastod newydd wedi cyrraedd, medden ninnau!

"Y cynorthywy-ydd newydd sy 'na, siŵr o fod," meddai Klaus, gan dynnu'i drwyn o'r *Llyfr Mawr am Nadroedd Bach Periw*. "Gobeithio'i fod e'n ddyn mor ffeind ag Wncwl Mald."

"Ie, wir," meddai Violet, oedd wrthi'n gweithio ar drap llyffant. "Byddai'n anodd iawn gorfod teithio'r holl ffordd i Beriw gyda rhywun diflas neu sbeitlyd."

"Gerja!" gwichiodd Sunny, oedd mwy na thebyg yn golygu rhywbeth fel, "Wel, gwell inni fynd i weld shwt un yw Steffano!"

Aeth y Baudelairiaid allan o Ystafell yr Ymlusgiaid a chroesi'r cyntedd mawr tuag at ddrws y ffrynt, lle'r oedd tacsi wedi'i barcio. Roedd dyn wrthi'n dod allan o'r sedd gefn – dyn tenau, tal iawn, a chanddo farf hir a dim aeliau uwchben ei lygaid. Cariai gês du ac arno glo arian, sgleiniog.

"Chei di ddim tip gen i," meddai'r dyn barfog, tal

wrth yrrwr y tacsi, "achos rwyt ti'n siarad gormod. Nid pawb sydd am glywed am dy fabi newydd di. O, helô 'na! Fi yw Steffano, cynorthwy-ydd newydd Dr Maldwyn Maldwyn. Sut ydach chi?"

"Hylô 'na," atebodd Violet, ac wrth iddi nesáu ato sylweddolodd fod yna rywbeth cyfarwydd ynglŷn â'i lais.

"Shwt mae?" meddai Klaus wrtho, ac wrth edrych i fyny ar y dyn, teimlai fod rhywbeth cyfarwydd ynglŷn â llygaid sgleiniog Steffano.

"Hwda!" gwichiodd Sunny. Doedd Steffano ddim yn gwisgo sanau, a chan fod Sunny'n cropian ar y llawr gallai weld ei bigwrn noeth rhwng godre'i drowsus a'i esgidiau. Ar y pigwrn, roedd rhywbeth mwy cyfarwydd iddi na'r llais na'r llygaid.

Gwawriodd y gwirionedd ar bob un o'r tri ar yr un eiliad yn union. Camodd y tri yn ôl, fel petaen nhw newydd ddod wyneb yn wyneb â chi gwyllt, cynddeiriog. Nid Steffano oedd hwn, waeth beth oedd e'n galw'i hun. Cynorthwy-ydd newydd Wncwl Mald oedd neb llai nag Iarll Olaf. Gallai dyfu barf ar ei ên tenau, gallai eillio'r un ael anghynnes a dyfai ar ei dalcen, ond allai e ddim cuddio'r tatŵ o lygad ar ei bigwrn.

PENNOD
Pedwar

Weithiau, bydd rhywbeth yn digwydd gan wneud ichi ymateb mewn rhyw ffordd arbennig, ac yna, am flynyddoedd wedyn, byddwch yn teimlo ichi wneud y peth anghywir. Dyna beth yw difaru; teimlo'n flin na wnaethoch chi rai pethau mewn bywyd mewn ffordd wahanol. Er enghraifft, wrth imi gerdded ar hyd y traeth ambell dro, neu ymweld â bedd hen ffrind, byddaf yn cofio digwyddiad, amser maith yn ôl, pan ddylwn i fod wedi mynd â fflachlamp gyda

fi. *Pam, o pam, nad es i â fflachlamp gyda fi?* rwy'n holi
fy hun. Efallai y gallwn i fod wedi osgoi pa drychineb
bynnag a ddigwyddodd wedyn. Ond erbyn hynny
mae'n rhy hwyr.

Am flynyddoedd ar ôl y foment hon ym
mywydau'r Baudelairiaid, byddai Klaus yn meddwl
am yr eiliad y sylweddolodd ef a'i chwiorydd mai
Iarll Olaf oedd Steffano mewn gwirionedd, a
byddai'n difaru'i enaid na waeddodd ar yrrwr y tacsi
i aros. *Stop!* Dyna ddylai e fod wedi'i weiddi. *Ewch
â'r dyn ofnadwy 'ma yn ôl gyda chi.* Ond yn ofer, wrth
gwrs. Roedd hi'n rhy hwyr. Mae'r pethau rydym yn
eu difaru ymysg y pethau mwyaf anodd inni feddwl
amdanynt, a dyna pam y byddai Klaus yn gorwedd
ar ddi-hun yn ei wely, flynyddoedd yn
ddiweddarach, yn meddwl tybed a allai fod wedi
achub bywyd Wncwl Mald petai wedi ymateb yn
gynt yr eiliad honno.

Ond roedd hi'n rhy hwyr. Wrth i'r amddifaid rythu
ar Iarll Olaf, roedd y tacsi eisoes hanner ffordd i lawr
y dreif ac wedi eu gadael gyda'u gelyn pennaf
unwaith eto. Gwenodd Olaf arnynt yn yr un modd ag

y gwenai'r Erchyllsarff Fongolaidd amser cinio bob dydd pan gâi llygoden wen ei rhoi yn ei chaets. "Efallai y gall un ohonoch chi gario fy nghês i mewn i'r tŷ," awgrymodd yn ei lais crawclyd. "Hen daith ddrewllyd oedd honna ar hyd y lôn hyll 'na, ac rwy wedi blino'n lân."

"Os oes unrhyw un yn haeddu teithio ar hyd Lôn Chwain, chi yw hwnnw, Iarll Olaf," meddai Violet yn sarrug. "Wnawn ni mo'ch helpu gyda'ch cês, achos wnawn ni ddim gadael ichi ddod i mewn i'r tŷ."

Gwgodd Olaf ar yr amddifaid ac yna edrychodd o'i gwmpas, fel petai'n hanner disgwyl gweld rhywun yn cuddio y tu ôl i un o'r perthi. "Pwy yw Iarll Olaf?" gofynnodd. "Steffano ydw i. Rwy yma i gynorthwyo Maldwyn Maldwyn gyda'i daith arfaethedig i Beriw. Chi yw'r corachod sy'n cael eu cyflogi i weithio fel gweision iddo, rwy'n tybio?"

"Nid corachod ydan ni," meddai Klaus yn chwyrn. "Plant ydan ni. Ac nid Steffano ydych chi. Iarll Olaf ydych chi. Waeth gen i os ydych chi wedi eillio'ch ael a thyfu barf, yr un person erchyll ydych chi a chewch chi ddim dod i mewn i'r tŷ."

45

"Fwta!" gwichiodd Sunny, oedd mwy na thebyg yn golygu, "Dyna 'marn innau hefyd!"

Edrychodd Iarll Olaf ar bob un o'r plant yn eu tro, ei lygaid yn loyw fel petai'n dweud jôc. "Does gen i'r un syniad am be 'dach chi'n sôn. Ond petaech chi'n iawn, ac mai'r Iarll Olaf 'ma oeddwn i, mi fyddwn i'n tybio eich bod chi'n blant anghwrtais iawn. A phan rwy'n meddwl bod plant yn anghwrtais fe alla i fynd yn grac iawn. Yn gynddeiriog, yn wir. Does ŵyr beth wna i!"

Dal i edrych arno wnaeth y plant wrth iddo godi'i freichiau tenau mewn dirmyg. Go brin fod angen eich atgoffa chi pa mor dreisgar a chas y gallai e fod. Yn sicr ddigon, doedd dim angen atgoffa'r plant Baudelaire o hynny. Gallai Klaus ddal i deimlo'r cleisiau ar ei wyneb ar ôl y tro pan gafodd ei daro gan Olaf, pan oedden nhw'n byw yn ei dŷ. Roedd Sunny'n dal i wingo wrth gofio cael ei stwffio i gawell aderyn a'i hongian o'r tŵr. Ac er nad oedd Violet wedi dioddef unrhyw drais corfforol, bu bron iddi gael ei gorfodi i briodi'r dyn dieflig hwn – ac roedd hynny'n ddigon i wneud iddi godi'i gês oddi ar y llawr a'i lusgo'n araf at ddrws y ffrynt.

"Cod e'n uwch," meddai Olaf. "Dwi ddim am iddo gael ei lusgo fel'na."

Rhuthrodd Klaus a Sunny i helpu Violet, ond hyd yn oed gyda thri ohonyn nhw wrthi, roedd y cês yn affwysol o drwm. Roedd hi'n ddigon drwg bod Iarll Olaf wedi ailymddangos yn eu bywydau, a hwythau'n dechrau teimlo'n ddiogel a dedwydd gydag Wncwl Mald, ond roedd gorfod helpu'r dyn drwg 'ma i fynd â'i eiddo i'r tŷ yn gwbl atgas. Gwyddent fod Olaf reit wrth eu cwt, achos gallent glywed sawr drwg ei anadl wrth eu hysgwyddau wrth iddynt osod y cês i lawr ar y carped o dan y llun o'r nadroedd.

"Diolch, amddifaid," meddai Olaf, gan gau'r drws ar ei ôl. "Fe ddywedodd Dr Maldwyn bod 'na stafell yn barod amdanaf yn y llofft. Fe alla i gario'r cês weddill y ffordd, mae'n debyg. Nawr ewch o 'ngolwg i. Fe gawn ni ddigon o amser i ddod i 'nabod ein gilydd yn nes 'mlaen."

"Ry'n ni wedi dod i'ch 'nabod chi'n barod, Iarll Olaf," meddai Violet. "Mae'n amlwg nad 'ych chi wedi newid dim."

"Na chithau chwaith," atebodd Olaf. "Mae'n amlwg dy fod ti mor styfnig ag erioed, Violet. Ac rwyt tithe'n dal i orfod gwisgo'r sbectol wirion 'na am dy fod yn darllen gormod, Klaus. Ac rwy'n gweld mai naw bys sydd gan Sunny ar ei thraed, yn lle deg."

"Trwt!" gwichiodd Sunny, oedd mwy na thebyg yn golygu, "Twt! Mae gen i ddeg!"

"Peidiwch â siarad dwli!" meddai Klaus yn fyr ei amynedd. "Mae ganddi hi ddeg bys, fel pawb arall."

"Felly'n wir?" meddai Olaf. "Dyna ryfedd! Mae gen i gof iddi golli un o fysedd ei thraed mewn damwain." Sgleiniai ei lygaid yn llachar, fel petai ar ganol dweud jôc. Estynnodd ei law i boced ei got siabi, gan tynnu cyllell â llafn hir, fel cyllell torri bara, allan ohoni. "Yr atgof sy gen i yw i ddyn oedd wedi drysu cymaint wrth gael ei alw wrth yr enw anghywir drwy'r amser ollwng cyllell ar ei droed ar ddamwain, gan dorri un bys i ffwrdd."

Edrychodd Violet a Klaus ar Iarll Olaf ac yna ar eu chwaer fach droednoeth. "Feiddiech chi ddim," meddai Klaus.

"Ofer trafod yr hyn feiddiwn i neu na feiddiwn i ei

wneud," atebodd Olaf. "Gadewch inni drafod, yn hytrach, wrth ba enw y bydda i'n cael fy adnabod tra byddwn ni yma dan yr un to."

"Fe wnawn ni eich galw'n Steffano os ydych chi'n mynnu ein bygwth," meddai Violet, "ond fyddwn ni ddim dan yr un to yn hir."

Agorodd Steffano ei geg i ddweud rhywbeth, ond dewisodd Violet roi taw ar y sgwrs gan droi ar ei sawdl a martsio'n dalog trwy ddrysau anferth Ystafell yr Ymlusgiaid. Dilynwyd hi gan ei brawd a'i chwaer. Petaech chi neu fi yno, byddem wedi tybio eu bod nhw'n blant dewr iawn, rwy'n siŵr, yn meiddio siarad ag Olaf fel'na, ond pan gyrhaeddon nhw ben pellaf yr ystafell, roedd yn haws gweld eu gwir deimladau. Roedd y plant Baudelaire yn arswydo. Cuddiodd Violet ei hwyneb â'i dwylo a phwyso'i phen yn erbyn un o'r cewyll. Suddodd Klaus i gadair gysurus gan grynu cymaint nes bod ei draed yn taro'r llawr marmor yn rhythmig. Cyrliodd Sunny ei hun yn belen mor fach ar y llawr, fe allech fod wedi cerdded i mewn i'r ystafell heb sylwi arni.

Am rai eiliadau, ddywedodd yr un o'r tri air o'u pennau; dim ond gwrando ar Steffano'n llusgo'i hun i fyny'r grisiau a sŵn eu calonnau'u hunain yn pwnio yn eu clustiau.

"Sut lwyddodd e i ddod o hyd inni?" gofynnodd Klaus. Roedd ei lais yn swnio'n gryg. "Pam mae e'n gynorthwy-ydd i Wncwl Mald? Beth mae e'n 'neud yma?"

"Fe dyngodd e y câi afael ar ffortiwn y Baudelairiaid, doed a ddelo," meddai Violet, gan dynnu'i dwylo i ffwrdd o'i hwyneb a chodi Sunny i'w chysuro. "Dyna'r peth olaf ddywedodd e cyn dianc. Fe ddywedodd y câi e afael ar ein ffortiwn, petai hynny'r peth olaf wnâi e."

Crynai Violet drwyddi, ond aeth hi ddim ymlaen i ychwanegu ei fod hefyd wedi addo y byddai'n cael gwared â phlant y Baudelairiaid unwaith y llwyddai i gael ei ddwylo ar yr arian. Doedd dim angen iddi atgoffa'r ddau arall o hynny. Petai e byth yn llwyddo i gipio'r arian, fe wyddai Klaus, Sunny a Violet mai mater bach iddo fyddai cymryd rasal at yddfau'r tri ohonynt.

"Beth allwn ni ei wneud?" gofynnodd Klaus. "Fydd Wncwl Mald ddim 'nôl am oriau."

"Fe allen ni alw Mr Poe," awgrymodd Violet. "Mi fydd e wrth ei waith yr adeg yma o'r dydd, rwy'n gwybod, ond efallai y gallai adael y banc mewn argyfwng."

"Fydde fe ddim yn ein credu," meddai Klaus. "Wyt ti'n cofio'r tro o'r blaen pan geision ni ei rybuddio am Iarll Olaf? Fe gymerodd gymaint o amser cyn ein credu ni, roedd hi bron yn rhy hwyr. Rwy'n meddwl y dylen ni geisio rhedeg bant. Os awn ni'n syth bìn, fe allen ni gyrraedd yr orsaf mewn pryd i ddal trên i rywle ymhell, bell i ffwrdd."

Ceisiodd Violet ddychmygu'r tri ohonynt yn cerdded ar hyd Lôn Chwain ar eu pennau'u hunain, o dan yr hen goed afalau a sawr sur y rhuddygl poeth o'u cwmpas. "I ble fydden ni'n mynd?"

"Unrhyw le," atebodd Klaus. "Rhywle ymhell i ffwrdd. Mor bell i ffwrdd fel bod dim perygl i Iarll Olaf ddod o hyd inni. Fe allen ni newid ein henwau, rhag i neb ein 'nabod ni."

"Does dim arian 'da ni," nododd Violet. "Shwt

fydden ni'n byw?"

"Allen ni gael gwaith," atebodd Klaus. "Fi mewn llyfrgell, efallai; ti mewn ffatri. Mae Sunny'n rhy ifanc i gael gwaith, mwy na thebyg, ond ymhen rhai blynyddoedd ..."

Aeth y tri'n fud am foment. Ceisiodd pob un feddwl amdanynt yn byw ar eu pennau'u hunain, heb Wncwl Mald na neb. Byddai'n fywyd unig iawn, yn gweithio ac edrych ar ôl eu hunain. Parhaodd y tawelwch trist am rai munudau eto, gyda'r tri'n meddwl am yr un peth. Dyna dda fyddai hi arnyn nhw tase'u rhieni heb gael eu lladd yn y tân, a phetai eu bywydau heb gael eu troi wyneb i waered.

"Allwn ni ddim mynd," meddai Violet o'r diwedd. "Mae Iarll Olaf wedi dod o hyd inni unwaith, ac rwy'n siŵr y bydde fe'n dod o hyd inni eto, waeth pa mor bell i ffwrdd y bydden ni'n mynd. A ble mae ei holl ffrindiau? Synnwn i fawr nad ydyn nhw o gwmpas y lle y munud 'ma yn cadw llygad arnon ni."

Aeth Klaus yn oer drosto. Doedd e heb feddwl amdanyn nhw. Yn ogystal â chynllwynio pob math o ddrygioni er mwyn bachu'r ffortiwn oedd i ddod i'r plant amddifaid, roedd Olaf hefyd yn arweinydd criw theatr arswydus – cyd-actorion oedd yn barod i'w helpu gyda'i ddrygioni. Ciwed y fall oedden nhw, gyda phob un yn waeth na'r nesaf. Roedd yna ddyn moel a chanddo drwyn hir, oedd wastad yn gwisgo clogyn du; dwy wraig â phowdwr gwyn ar eu hwynebau, fel petaen nhw'n ysbrydion; person mor anferth a di-lun fedrech chi ddim dweud ai dyn neu fenyw oedd e; ac yna, roedd 'na hefyd ddyn main gyda dau fachyn yn lle dwylo. Roedd Violet yn llygad ei lle. Gallai unrhyw un o'r rhain fod yn loetran o gwmpas tŷ Wncwl Mald, yn barod i'w cipio petaen nhw'n ceisio dianc.

"Aros i Wncwl Mald ddod yn ôl yw'r peth gorau," meddai Violet. "Fe ddywedwn ni'r gwir wrtho ac rwy'n siŵr y bydd e'n ein credu. Os soniwn ni am y tatŵ, mae e'n siŵr o ofyn i Steffano am eglurhad o leiaf." Ynganodd Violet enw Steffano gyda'r fath atgasedd nes dangos yn glir ei dirmyg tuag at ei ymdrech i esgus bod yn rhywun arall.

"Wyt ti'n siŵr?" gofynnodd Klaus. "Wedi'r cwbl, Wncwl Mald yw'r dyn sydd wedi cyflogi Steffano yn y lle cyntaf." Roedd y ffordd yr ynganodd Klaus enw "Steffano" yn dangos ei fod yntau'n cytuno â barn ei chwaer. "Pwy a ŵyr, efallai bod Wncwl Mald a Steffano wedi cynllunio hyn gyda'i gilydd."

"Mwdro!" gwichiodd Sunny, oedd mwy na thebyg yn golygu, "Paid â siarad dwli, Klaus!"

Ysgwyd ei phen wnaeth Violet, gan gytuno â Sunny. "Chreda i fawr fod Wncwl Mald yn cynllwynio gydag Olaf. Mae e wedi bod mor garedig, a ta beth, petaen nhw'n rhan o gynllwyn gyda'i gilydd, fydde dim rhaid i Olaf alw'i hun yn 'Steffano'."

"Mae hynny'n wir," cytunodd Klaus. "Felly, fe arhoswn ni am Wncwl Mald."

"Dyna fyddai orau," cytunodd Violet.

"Ych-pych!" meddai Sunny'n ddwys a chytunai edrychiad y ddau arall â hynny. Un o'r pethau anoddaf mewn bywyd yw aros. Mae'n ddigon anodd aros am deisen siocled a hufen pan mae peth o'r cig eidion rhost y mae'n rhaid ichi ei fwyta'n gyntaf yn dal ar eich plât; neu ddisgwyl iddi fod yn Galan Gaeaf a hithau'n dal yn fis Medi, ond gwaeth na hyn i gyd yw aros i'ch ewythr caredig ddod adref tra bod dyn treisgar a barus i fyny'r grisiau, a hwnnw'n ysu am eich gwaed a'ch arian.

Er mwyn ceisio osgoi meddwl am yr aros hwn, aeth y plant ymlaen â'u gwaith, ond gymaint oedd eu gofid fel mai ychydig iawn lwyddon nhw i'w wneud. Ceisiodd Violet drwsio drws un o'r trapiau, ond roedd ei stumog yn troi ormod iddi allu canolbwyntio. Darllen am sut i amddiffyn eich hunan rhag rhai o blanhigion pigog Periw roedd Klaus, ond roedd wyneb hyll Steffano'n mynnu torri ar draws ei feddwl drwy'r amser. Aeth Sunny i'r afael â'r rhaff roedd hi'n arfer ei chnoi, ond roedd ei dannedd yn rhincial cymaint fel na allai dorri trwy ddim yn iawn. Doedd ganddi ddim awydd chwarae gyda'r Wiber Farwol ar y Naw, chwaith. Drwyddi draw, roedd ymdrechion y Baudelairiaid yn Ystafell yr Ymlusgiaid yn ofer y prynhawn hwnnw. Fedren nhw wneud fawr ddim ond eistedd mewn tawelwch gan glustfeinio am sŵn jîp Wncwl Mald yn gyrru i fyny'r dreif, ac unrhyw smic o sŵn a ddeuai o'r llofft. Doedd fiw iddyn nhw feddwl beth allai Steffano fod yn ei ddad-bacio o'i gês!

O'r diwedd, wrth i'r perthi siâp seirff ddechrau taflu'u cysgodion sgleiniog hir yng ngolau'r machlud, daeth sŵn y jîp i glyw'r tri. Roedd canŵ wedi'i glymu ar do'r cerbyd, a sedd gefn y jîp yn llwythog o bob math o stwff. Daeth Wncwl Mald i'r golwg, yn cario sawl bag siopa boliog, a gallai weld y plant trwy fur gwydr Ystafell yr Ymlusgiaid. Gwenodd arnynt, a gwenodd y tri yn ôl arno, ac yn yr eiliad honno, wrth wenu, roedd moment arall i'w difaru wedi'i chreu. Petaen nhw heb wenu, ond yn hytrach wedi rhuthro'n syth allan ato, mae'n bosibl y bydden nhw wedi cael cyfle i siarad ag e ar ei ben ei hun. Ond erbyn iddyn nhw gyrraedd y cyntedd, roedd Wncl Mald eisoes yn siarad â Steffano.

"Wn i ddim pa fath o frws dannedd sy orau 'da chi," meddai Wncwl Mald yn llawn ymddiheuriadau, "felly fe ddois i â'r rhai hynod galed, am mai dyna'r math sy orau gen i. Mae bwyd Periw yn tueddu i lynu yn y geg, felly mae angen brws sbâr arnoch chi bob amser."

"Rwy wrth fy modd gyda brws hynod galed," meddai Steffano. Roedd ei eiriau wedi'u hanelu at Wncwl Mald, ond ar yr amddifaid roedd e'n edrych â'i lygaid sgleiniog, sgleiniog. "Ga i nôl y canŵ ichi?"

"O'r gore," atebodd Wncwl Mald, "ond does dim disgwyl ichi ei gario ar eich pen eich hun. Rho help llaw i Steffano, os gweli di fod yn dda, wnei di, Klaus?"

"Wncwl Mald," dechreuodd Violet, "mae gyda ni rywbeth pwysig iawn i'w ddweud wrthych chi."

"Rwy'n glustiau i gyd," meddai Wncwl Mald. "Ond cyn i chi ddweud dim, gadewch imi ddangos y chwistrell yma i gadw'r gwenyn meirch draw. Rwy mor falch fod Klaus wedi darllen mor drwyadl amdanyn nhw, achos fyddai'r un chwistrell arall wedi bod yn werth taten." Twriodd Wncwl Mald trwy un o'r bagiau a gariai a safodd y plant yno'n ddiamynedd. "A! Dyma fe. Mae'n cynnwys rhyw gemegyn …"

"Wncwl Mald," meddai Klaus, "all hyn ddim aros."

"Klaus," meddai Wncwl Mald, ei aeliau'n codi

mewn syndod, "mae'n beth anghwrtais iawn i dorri ar draws dy ewythr pan mae e ar ganol siarad. Nawr, rho help i Steffano 'da'r canŵ, ac fe gawn ni siarad yn y man."

Ochneidiodd Klaus, ond dilynodd Steffano at y canŵ. Rhoddodd Wncwl Mald ei holl fagiau siopa i lawr a throi i edrych ar Violet. "Nawr, beth o'n i ar ganol ei ddweud? Mae'n gas i anghofio pethau."

"Y peth pwysig sy 'da ni i'w ddweud wrthoch chi …" dechreuodd Violet, gan edrych allan trwy'r drws i gyfeiriad y jîp a'r canŵ. Yn sydyn, sylwodd fod Steffano wedi oedi wrth y perthi, gan estyn y gyllell hir o boced ei got. Daliwyd y llafn gan belydrau ola'r dydd wrth i'r haul fachlud. Fflachiodd fel goleudy. Fflachio i rybuddio llongau eu bod nhw'n agos at dir creigiog fydd goleudy fel arfer, fel y gwyddoch chi, rwy'n siŵr. A rhybudd oedd y fflach ar lafn y gyllell hefyd.

Edrychodd Klaus ar y gyllell, yna ar Steffano, ac yna ar Violet. Edrychodd Violet ar Klaus, yna ar Sunny, ac yna ar Mald. Edrychodd Sunny ar bawb. Yr unig un na sylwodd ar ddim oedd Wncwl Mald, oedd yn dal i barablu iddo'i hun am wenyn meirch Periw.

"Y peth pwysig yw …" ceisiodd Violet egluro, ond yna aeth yn fud. Ddywedodd Steffano 'run gair. Doedd dim angen iddo. Gwyddai Violet, petai hi'n dweud gair yn rhagor am Steffano, y byddai hwnnw'n brifo'i brawd ar ei union. Roedd gelyn penna'r Baudelairiaid wedi danfon rhybudd clir heb yngan gair.

PENNOD

Pump

Teimlai'r noson honno fel yr hiraf a'r mwyaf dirdynnol a dreuliodd y Baudelairiad erioed – ac roedden nhw wedi cael amryw o'r rheini'n barod. Un noson, yn fuan ar ôl geni Sunny, daliodd y tri ffliw cas iawn a dyna lle y buon nhw'n troi a throsi ac yn chwys drabŵd drwy'r nos, gyda'u tad yn dod â chlytiau oer i geisio tynnu'r dwymyn o'u talcennau. Yna, y noson wedi marwolaeth eu rhieni, roedden nhw wedi bod ar eu traed drwy'r nos yn nhŷ Mr Poe, wedi drysu gormod yn eu galar i allu cysgu winc. Ac wrth gwrs, yn ystod eu harhosiad gydag Iarll Olaf, fe gawson nhw sawl noson enbyd o ofidus.

Ond teimlai'r noson arbennig hon hyd yn oed yn waeth. Cadwodd Steffano lygad barcud ar y plant – ac wrth gwrs, mae "cadw llygad barcud" yma'n golygu "bod yn wyliadwrus iawn, i wneud yn siŵr na fyddai gair yn cael ei sibrwd wrth Wncwl Mald amdano". Doedd hwnnw ddim wedi meddwl am eiliad mai Iarll Olaf oedd Steffano go iawn; roedd yn llawer rhy brysur yn meddwl am bethau eraill.

Wrth iddyn nhw gario gweddill y siopa o'r jîp, un law yn unig a ddefnyddiai Steffano i gario dim, gan gadw'r llaw arall yn ei boced gyda'r gyllell. Roedd Wncwl Mald mor ffwndrus fel na sylwodd e ddim. Yna, pan aethon nhw i'r gegin i baratoi swper, gwenai Steffano'n fygythiol ar y plant wrth iddo dorri'r madarch yn ddarnau mân. Ond roedd Wncwl Mald yn rhy brysur yn gwneud yn siŵr na fyddai'r saws strogonoff yn berwi drosodd i hyd yn oed sylwi mai ei gyllell ei hun a ddefnyddiai Steffano. Pan ddaethon nhw i eistedd wrth y bwrdd swper, daliodd Steffano'r gyllell o dan y bwrdd wrth ben-glin Violet trwy gydol y pryd bwyd, ond adroddai storïau doniol drwy'r amser, gan ganmol gwaith Wncwl Mald a ffalsio iddo gymaint nes bod hwnnw'n gwbl ddall i'r cyfan. A phan gododd Wncwl Mald ar ei draed a chyhoeddi y byddai'n treulio gweddill y noson yn dangos ei gynorthwy-ydd newydd o gwmpas Ystafell yr Ymlusgiaid, doedd dim dewis gan y Baudelairiaid ond mynd i'r gwely heb ddweud gair.

Am y tro cyntaf, sylweddolodd y tri nad oedd cael ystafell wely i chi eich hun yn fêl i gyd, wedi'r cwbl. Heb gwmni ei gilydd, teimlai pob un o'r amddifaid yn unig a di-obaith. Rhythodd Violet ar y papur gwyn a ddaliai'r pinnau bawd ar ei muriau, a cheisiodd ddyfalu pa gynllun oedd gan Steffano ar y gweill. Eisteddodd Klaus yn ei gadair gysurus a chynnau'r lamp ddarllen bres, ond fedrai e ddim hyd yn oed agor llyfr. Syllodd Sunny ar yr holl wrthrychau caled o'i chwmpas, ond wnaeth hi ddim cnoi yr un ohonynt.

Meddyliodd pob un o'r tri am sleifio ar hyd y landin i ystafell Wncwl Mald er mwyn ei ddeffro a dweud y cyfan wrtho. Ond roedd cyrraedd yno'n golygu mynd heibio i ddrws Steffano, ac roedd hwnnw ar agor drwy'r nos, gyda Steffano'i hun yn eistedd yno'n gwylio. Pan agorai'r amddifaid eu drysau unigol i gymryd sbec, gallent weld ei ben llwyd, oedd wedi'i eillio, fel petai'n arnofio uwchben ei gorff yn y tywyllwch. A gallent weld y gyllell hefyd. Symudai honno'n ôl a blaen rhwng ei fys a'i fawd, fel pendil hen gloc tad-cu yn cadw amser, yn ôl ac ymlaen yn ddiddiwedd yn y tywyllwch. Roedd honno ar ei phen ei hun yn ddigon i atal y plant rhag meiddio mentro draw at ystafell Wncwl Mald.

O'r diwedd, daeth glesni gwan y bore bach â gwawr dawel diwrnod arall i'r tŷ a cherddodd y plant i lawr y grisiau'n gysglyd i gael brecwast, ar ôl eu noson ddi-gwsg. Eisteddodd y tri wrth y bwrdd gwyrdd lle'r oedden nhw wedi bwyta'r deisen hyfryd ar eu bore cyntaf yno, ond dim ond pigo'u bwyd yn ddi-hwyl roedden nhw y tro hwn. Am y tro cyntaf ers cyrraedd yno, doedd arnyn nhw fawr o awydd bwyd, a doedd arnyn nhw fawr o awydd mynd i Ystafell yr Ymlusgiaid chwaith.

"Rhaid inni fwrw iddi, debyg?" meddai Violet gan

wthio'i phlât o'r neilltu. "Deuparth gwaith ei ddechrau. A siawns nad yw Wncwl Mald wrthi'n barod."

"A siawns nad yw Steffano yno hefyd," meddai Klaus, gan rythu ar ei fowlen. "Chawn ni byth gyfle i sôn wrth Wncwl Mald amdano."

"Ycha!" meddai Sunny'n drist, a disgynnodd darn o foronen amrwd o'i llaw i'r llawr 'run pryd.

"Tybed beth fyddai'n digwydd petai Wncwl Mald yn gwybod yr hyn 'dan ni'n ei wybod?" meddyliodd Violet yn uchel. "A beth ddigwyddai wedyn petai Steffano'n gwybod ei fod e'n gwybod yr hyn 'dan ni'n ei wybod?"

"Pwy a ŵyr?" atebodd Klaus.

"'Dan ni eisoes yn gwybod llawer," meddai Violet, "ond un peth nad ydyn ni'n ei wybod eto yw pa gynllwyn sy ar y gweill gan Iarll Olaf … hynny yw, *Steffano*. Mae e ar ôl ein ffortiwn ni, does dim amheuaeth, ond sut?"

"Efallai ei fod e'n bwriadu aros tan y byddi di'n cyrraedd dy ddeunaw oed, ac yna dwyn yr arian," cynigiodd Klaus.

"Mae pedair blynedd yn amser hir i aros," meddai Violet.

Daeth distawrwydd dros y tri amddifad wrth iddyn nhw gofio ble oedden nhw bedair blynedd yn ôl. Deg oed oedd Violet bryd hynny, ac roedd hi'n cadw'i gwallt yn fyr iawn. Gallai gofio iddi ddyfeisio teclyn newydd i roi min ar bensil o gwmpas ei degfed pen-blwydd. Wyth oed oedd Klaus, a gallai e gofio mai comedau oedd yn mynd â'i fryd bryd hynny. Roedd wedi darllen pob llyfr oedd ar gael yn llyfrgell ei rieni am y gofod a seryddiaeth. Doedd Sunny heb ei geni bedair blynedd ynghynt, a cheisiodd gofio sut brofiad oedd hynny. Tywyll iawn, fe dybiai. A dim byd i'w gnoi! Oedd, roedd pedair blynedd yn amser hir iawn ym meddyliau'r tri.

"Siapwch hi! Siapwch hi!" Torrodd llais Wncwl Mald ar draws yr ystafell. "Rydach hi ar ei hôl hi'n arw y bore 'ma." Roedd ei wyneb yn fwy gloyw hyd yn oed nag arfer, a daliai lond dwrn o ddarnau papur wedi'u plygu yn ei law. "Dim ond diwrnod sy 'na ers i Steffano gyrraedd, ond mae e eisoes yn Ystafell yr Ymlusgiaid. Roedd e ar ei draed o 'mlaen i.

'Deuparth gwaith ei ddechrau', chi'n gweld. Ond amdanoch chi'ch tri …? Wel, dwn i ddim wir! Rwy wedi gweld Neidr Ddiog Hwngaria'n symud yn gyflymach. A hanner modfedd yr awr yw cyflymdra honno! Mae llwyth o waith i'w wneud heddiw, ac fe hoffwn i weld y ffilm *Zombis yn yr Eira* heno. Mae'r dangosiad yn dechrau am chwech, felly gwell inni'i siapo hi!"

Sylweddolodd Violet, wrth edrych ar Wncwl Mald, mai dyma'r cyfle olaf gaen nhw, mwy na thebyg, i siarad ag e heb gael Steffano o gwmpas, ond roedd wedi ei weindio fel wats ac ofnai Violet na wnâi e wrando. "Sôn am Steffano," dechreuodd yn betrusgar, "fe hoffen ni gael gair 'da chi amdano fe."

Edrychodd Wncwl Mald o'i gwmpas, gyda'i lygaid yn llydan agored, fel petai ysbïwyr yn yr ystafell, cyn sibrwd: "Rwy am gael gair 'da chi amdano fe, hefyd. Mae gen i fy amheuon fy hun, ac rwy am eu trafod 'da chi."

Edrychodd y Baudelairiaid ar ei gilydd mewn rhyddhad. "Wir yr?" meddai Klaus.

"Gwir pob gair," atebodd Wncwl Mald. "Neithiwr

y cododd fy amheuon gyntaf. Mae rhywbeth anghynnes iawn ynghylch fy nghynorthwy-ydd newydd," dechreuodd. Fe wyddoch, mae'n siŵr, nad oes gan "anghynnes" yma ddim byd i'w wneud â thymheredd go iawn, ond ei fod yn ffordd o ddweud bod Steffano "braidd yn sbŵci ac anghyfeillgar". Yna oedodd Wncwl Mald. Edrychodd o'i gwmpas eto ac aeth ei lais hyd yn oed yn dawelach. Daliodd y plant eu hanadl er mwyn gallu clywed. "Fe ddylen ni drafod hyn tu fas, rwy'n credu," sibrydodd.

Cytunodd y plant, ac allan o'r gegin â nhw, gan adael y llestri brecwast budr ar y bwrdd. Dyw hynny ddim yn beth da i'w wneud fel arfer, ond mae'n dderbyniol mewn argyfwng. Trwy'r cyntedd aeth y pedwar, allan trwy ddrws y ffrynt a cherdded ar y lawnt, fel petaen nhw am gael gair 'da'r perthi siâp nadroedd yn hytrach na siarad ymysg ei gilydd.

"Dwi ddim am fod yn fostfawr," dechreuodd Wncwl Mald, "ond y fi, wir yr, yw un o herpetolegwyr mwya blaenllaw'r byd."

Amrantodd Klaus – sy'n golygu ei fod wedi cau'i amrannau a'u hagor eto mewn chwinciad. Blincin hec! Nid fel hyn roedd e wedi disgwyl i'r sgwrs ddechrau o gwbl. "Wrth gwrs eich bod chi, ond ..."

"Oherwydd hyn, mae'n ddrwg gen i ddweud," aeth Wncwl Mald yn ei flaen gan anwybyddu Klaus, "mae llawer o bobl yn eiddigeddus ohona i."

"Rwy'n siŵr fod hynny'n wir," meddai Violet, gan dorri ar ei draws.

"A phan fydd pobl yn eiddigeddus o bobl eraill, fe wnân nhw unrhyw beth," meddai Wncwl Mald, gan ysgwyd ei ben. "Y pethau rhyfedda! Pan o'n i'n gweithio at fy ngradd mewn Herpetoleg, roedd y myfyriwr oedd yn lletya gyda mi mor eiddigeddus ohonof, fe lyncodd lyffant newydd roeddwn wedi'i ddarganfod. Bu'n rhaid imi dynnu lluniau Pelydr-X o'i stumog a dangos y rheini wrth gyflwyno 'ngwaith, yn hytrach na'r llyffant ei hun. Ac rwy'n ofni bod hon yn sefyllfa debyg."

Am beth yn y byd oedd e'n sôn?

"Mae'n flin gen i, ond dwi ddim cweit yn dilyn," meddai Klaus, sy'n ffordd gwrtais o ddweud, "Does gen i ddim affliw o syniad am beth yn y byd ry'ch chi'n sôn".

"Ar ôl i chi fynd i'r gwely neithiwr, fe ofynnodd Steffano ormod o gwestiynau o lawer i mi am y nadroedd a'r daith i Beriw. Wyddoch chi pam?"

"Rwy'n credu 'mod i," mentrodd Violet, ond torrodd Wncwl Mald ar ei thraws.

"Am fod y dyn 'ma sy'n galw'i hun yn Steffano yn aelod o'r Gymdeithas Herpetoleg mewn gwirionedd," meddai. "Wedi twyllo'i ffordd aton ni mae e, er mwyn bachu'r Wiber Farwol ar y Naw a'i chyflwyno hi yng nghynhadledd y Gymdeithas ei hun. Gan ei bod hi'n rhywiogaeth newydd sbon, alla i byth brofi mai fi oedd y person cyntaf i ddod o hyd iddi. Ar amrantiad, mi fydd y Wiber Farwol ar y Naw yn cael ei hadnabod fel Sarff Steffano, neu ryw enw arall ych a fi tebyg. Ac os yw e'n cynllwynio i wneud hynny, dychmygwch beth mae e'n bwriadu'i wneud ym Mheriw! Bydd pob llyffant ddaliwn ni, pob esiampl o wenwyn gasglwn ni mewn tiwb prawf, pob cyfweliad â sarff a recordiwn ni – pob sgrap o waith wnawn ni – yn mynd i ddwylo un o ysbïwyr y Gymdeithas Herpetoleg."

"Nid ysbïwr yw e," mynnodd Klaus yn

ddiamynedd. "Iarll Olaf yw e."

"Mi wn i be wyt ti'n feddwl!" meddai Wncwl Mald. "Dyma'r union fath o ymddygiad dan din y buaswn i wedi'i ddisgwyl gan y dyn gwrthun hwnnw. Dyna pam rwy'n gwneud hyn." Cododd un law i'r awyr gan chwifio'r papurau. "Fel y gwyddoch chi, ry'n ni'n gadael am Beriw fory. Ein tocynnau ar gyfer mordaith y *Prospero*, llong braf sy'n hwylio am Dde America am bump o'r gloch fory, yw'r rhain. Tocyn i mi. Tocyn i Violet. Tocyn i Klaus. Tocyn i Steffano. Does dim un i Sunny, achos fe rown ni hi yn un o'r cesys i arbed arian."

"Gylp!"

"Dim ond tynnu coes!" meddai Wncwl Mald. "Ond dwi ddim yn tynnu coes am hyn." Ar hynny, a'i wyneb yn ruddgoch gan gyffro, gafaelodd yn un o'r papurau a'i rwygo'n ddarnau mân. "Tocyn Steffano yw hwn. Chaiff e ddim mynd i Beriw gyda ni wedi'r cwbl. Bore fory, rwy'n mynd i ddweud wrtho bod yn rhaid iddo aros yma i ofalu am y creaduriaid. Wedyn, fe allwn ni fynd ar ein taith mewn heddwch."

"Ond Wncwl Mald ..." meddai Klaus.

"Sawl gwaith sy raid imi dy atgoffa bod torri ar draws pobol yn anghwrtais iawn?" torrodd Wncwl Mald ar ei draws, yn ysgwyd ei ben. "Rwy'n gwybod beth yw dy ofid di. Poeni am y Wiber Farwol ar y Naw wyt ti. Meddwl na fydd hi'n saff yma ar ei phen ei hun 'da Steffano. Ond fydd hi ddim yma o gwbl. Fe ddaw hi gyda ni ar y fordaith, gan deithio yn un o'r cewyll cario nadroedd pwrpasol. Wn i ddim pam wyt ti'n tynnu shwt wep, Sunny. Ro'n i'n disgwyl i ti, o bawb, fod yn hapus. Peidiwch ag edrych mor ddigalon, *bambini*. Fel y gwelwch chi, mae'r sefyllfa dan reolaeth gan eich Wncwl Mald."

Pan fydd person yn gwneud rhywbeth fymryn yn anghywir – er enghraifft, petai gweinydd yn rhoi llaeth ar ben eich *espresso* a chithau wedi gofyn am goffi â hufen – mater hawdd fel arfer yw egluro'i gamgymeriad iddo. Ond pan fydd person yn syfrdanol o anghywir – gweinydd yn cnoi eich trwyn yn lle cymryd eich archeb, dyweder – mae'n ddigon posibl mai dweud dim wnewch chi. Cewch eich parlysu gan sioc. A dyna ni. Rydych yn gegrwth – ac mae "cegrwth" yn golygu "bod â'ch ceg ar agor ond yn methu dweud gair oherwydd y sioc".

A dyna'n union oedd ymateb y Baudelairiad. Roedden nhw'n gegrwth. I feddwl bod Wncwl Mald yn credu mai ysbïwr oedd Steffano, yn hytrach nag Iarll Olaf! Wydden nhw ddim sut i ddechrau dweud y gwir wrtho.

"Dewch 'mlaen, blant annwyl," meddai Wncwl Mald. "Dyna ddigon o amser wedi'i wastraffu'n siarad. Rhaid inni …" Torrodd ar ei draws ei hun â bloedd o fraw a phoen, ac yna syrthiodd i'r llawr.

"Wncwl Mald!" gwaeddodd Klaus. Gallai'r plant weld bod rhyw wrthrych sgleiniog, trwm ar ei ben e, ac fe sylweddolon nhw'n sydyn beth oedd e: y lamp a ddefnyddiai Klaus wrth ddarllen yn ei gadair glyd.

"*Ow!*" ebychodd Wncwl Mald gan wthio'r lamp i ffwrdd. "Dyna beth oedd ergyd gas! Rwy wedi gwneud niwed i'm ysgwydd, synnwn i fawr. Diolch byth na laniodd hi ar fy mhen."

"Ond o ble daeth hi?" gofynnodd Violet.

"Rhaid ei bod wedi syrthio o ffenestr," meddai Mald, gan bwyntio at ffenestr ystafell Klaus. "Ystafell pwy yw honna? Mi wn i. Dy ystafell di, Klaus. Ddylet ti ddim gadael pethau trwm fel hyn yn beryglus o agos at ymyl sil y ffenestr. Edrych beth ddigwyddodd."

"Ond doedd y lamp ddim ar gyfyl sil y ffenestr," mynnodd Klaus. "Yn yr alcof rwy'n defnyddio honna …"

"Twt, twt, Klaus," meddai Wncwl Mald gan godi ar ei draed ac estyn y lamp iddo. "Wyt ti o ddifri calon yn credu ei bod wedi dawnsio'i ffordd draw at y ffenestr a neidio allan? Nawr, rho hi'n ôl yn ei lle a ddywedwn ni ddim mwy am y peth."

"Ond …" dechreuodd Klaus, cyn i'w chwaer fawr dorri ar ei draws.

"Fe ddo i gyda ti, Klaus," meddai Violet, "i wneud yn siŵr ei bod hi'n saff."

"Peidiwch â bod yn hir," meddai Wncwl Mald gan rwbio'i ysgwydd. "Welwn ni chi yn Ystafell yr Ymlusgiaid. Dere, Sunny."

'Nôl yn y cyntedd, aeth Sunny gyda'i hewythr i gyfeiriad Ystafell yr Ymlusgiaid a throdd Violet a Klaus am y grisiau.

"Doeddwn i'n bendant ddim yn esgeulus 'da'r lamp 'ma," sgyrnygodd Klaus.

"Dwi'n gwybod hynny, siŵr iawn," sibrydodd Violet. "Ond waeth i ni heb â cheisio egluro hynny wrth Wncwl Mald. Mae e'n credu'n bendant mai ysbïwr yw Steffano. Ac rwyt ti'n gwybod cystal â fi mai *fe* sy'n gyfrifol am hyn."

"Dyna glyfar wyt ti," meddai llais o ben y grisiau, a chafodd y ddau y fath fraw, bu bron iddyn nhw ollwng y lamp. Steffano oedd yno. Neu Iarll Olaf, os yw'n well 'da chi. Y dyn drwg, ta beth. "Wrth gwrs, plant clyfar fuoch chi erioed. Rhy glyfar o'r hanner, i'm tyb i. Ond fyddwch chi ddim o gwmpas am lawer rhagor, felly does dim angen imi boeni'n ormodol."

"Trueni eich bod chi eich hun mor dwp," meddai Klaus yn ymosodol. "Bu bron i'r lamp drom 'ma daro un ohonon ni, ac os daw unrhyw ddrwg i mi neu i'm chwiorydd, chewch chi byth afael ar ein ffortiwn."

"Bobol bach," meddai Steffano, ei ddannedd di-raen yn dangos trwy ei wên. "Petawn i am eich gwaed chi amddifaid, mi fyddai'n llifo'n rhaeadrau i lawr y grisiau 'ma ers oriau. Na, does gen i'r un bwriad o niweidio blewyn o ben yr un ohonoch chi – nid yn y tŷ hwn, o leiaf. Does dim angen ichi fy ofni i, blantos bach. Ddim yma. Ddim tan y byddwn ni yn rhywle mwy anghysbell."

"Ble 'sda chi mewn golwg?" gofynnodd Violet. "Dyma'n cartref ni nawr."

"Tybed?" holodd Steffano yn ei lais sinachaidd. "A minnau'n tybio eich bod chi'n gadael y wlad fory."

"Fe rwygodd Wncwl Mald eich tocyn chi," atebodd Klaus yn fuddugoliaethus. "Mae e'n amau pwy ydach chi, ac mae e wedi newid ei gynlluniau."

Newidiodd yr olwg ar wyneb Steffano o wên i wg, a gloywodd ei ddannedd budron yn fwy disglair nag erioed. Culhaodd ei lygaid sgleiniog, nes bod Violet a Klaus yn cael trafferth i edrych arno. "Fyddwn i ddim yn rhoi gormod o goel ar hynny," meddai mewn llais arswydus. "Bydd hyd yn oed y cynlluniau gorau'n gorfod cael eu newid os oes 'na ddamwain." A chan bwyntio un o'i fysedd esgyrnog i gyfeiriad y lamp, ychwanegodd, "Ac mae damweiniau'n digwydd drwy'r amser."

PENNOD
Chwech

Gall amgylchiadau anffafriol ddifetha profiadau a fyddai, fel arall, wedi bod yn ddymunol iawn. Dyna ddigwyddodd pan aeth y plant amddifad Baudelaire i weld y ffilm *Zombis yn yr Eira*. Drwy'r prynhawn, bu'r tri'n eistedd yn ofidus yn Ystafell yr Ymlusgiaid dan gysgod gwên ddirmygus Steffano a chlebran di-baid Wncwl Mald, oedd yn ddall i'r holl beryglon o'i gwmpas.

Erbyn yr amser iddyn nhw i gyd fynd i'r sinema, doedd fawr o hwyl gweld ffilm ar y plant, ac roedd jîp Wncwl Mald yn rhy fach i gario pawb, mewn gwirionedd. Bu'n rhaid i Violet a Klaus rannu sedd a rhoddwyd Sunny, druan, i eistedd ar gôl drewllyd Steffano.

Yn y sinema ei hun, eisteddodd pawb mewn rhes, gydag Wncwl Mald ar ben y rhes a Steffano yn y canol yn bwyta popcorn pawb. Doedd gan y plant ddim awydd bwyta, p'run bynnag. Ac er cystal ffilm oedd *Zombis yn yr Eira*, roedd y plant yn rhy ofidus i ddilyn y plot. Roedd dychmygu pa "blot" dieflig oedd ar y gweill 'da Steffano yn llenwi eu meddyliau. Pan gododd y zombis o'r lluwchfeydd eira ger pentref bychan yn yr Alpau, roedd Violet yn ceisio dyfalu sut byddai Steffano'n llwyddo i fynd ar fwrdd y *Prospero* heb docyn. Pan gododd pwysigion y dref amddiffynfa gref o goed derw, dim ond i weld y zombis yn cnoi eu ffordd drwyddi, roedd Klaus yn pendroni dros yr hyn roedd Steffano'n ei olygu wrth sôn am ddamweiniau. A phan geisiodd Greta, y ferch oedd yn godro'r geifr, ddod yn gyfeillgar â'r zombis, er mwyn gofyn iddyn nhw plis i beidio â bwyta rhagor o bobl y pentref, ceisiodd Sunny feddwl am ffordd o orchfygu

Steffano. Yng ngolygfa ola'r ffilm, roedd y zombis a'r pentrefwyr i gyd yn dathlu Calan Mai gyda'i gilydd, ond doedd gan y plant Baudelaire ddim oll i'w ddathlu.

Ar y ffordd adref, fedrai Wncwl Mald ddim cael na bw na be o'r plant, er iddo geisio tynnu sgwrs â nhw fwy nag unwaith. A phan gyrhaeddodd y jîp y tŷ, fe ruthron nhw am y drws heb hyd yn oed ddweud "nos da" wrth eu gwarchodwr. Gyda chalon drom y dringodd y tri y grisiau i gyfeiriad eu gwahanol ystafelloedd, ond wrth eu cyrraedd, fedren nhw ddim diodde gadael ei gilydd.

"Allwn ni aros 'da'n gilydd yn yr un ystafell heno?" gofynnodd Klaus i Violet yn betrusgar. "Ro'n i'n teimlo 'mod i mewn cell carchar neithiwr, yn gofidio ar fy mhen fy hun bach."

"Finne hefyd," cyfaddefodd Violet. "Gan na allwn ni gysgu, man a man inni beidio cysgu gyda'n gilydd."

"Tico," cytunodd Sunny ac aeth y tri i mewn i ystafell Violet. Edrychodd hithau o gwmpas y lle a chofio mor gyffrous y teimlai popeth pan gyrhaeddodd yno gyntaf, ddyddiau'n unig ynghynt. Nawr, roedd rhywbeth bygythiol, yn hytrach nag ysbrydoledig, ynghylch y perthi siâp seirff oedd i'w gweld y tu allan, ac roedd y papur gwyn a lynodd hi ar y waliau'n ymddangos fel symbol o'i gofid yn hytrach na bod yn gyfleus.

"Dwyt ti heb weithio bron ddim ar dy ddyfeisiadau, rwy'n gweld," meddai Klaus yn dyner. "Dydw inne ddim wedi darllen rhyw lawer chwaith. Does dim byd yn lladd brwdfrydedd rhywun fel cael Iarll Olaf o gwmpas."

"Ddim wastad," cywirodd Violet ef. "Pan oedden ni'n byw gydag e, fe ddarllenon ni bopeth am y deddfau'n ymwneud â phriodasau'n frwdfrydig iawn er mwyn rhoi stop ar ei gynllwyn. Ac fe ddyfeisiais i fachyn cydio er mwyn cael y gorau arno."

"Nawr, allwn ni ddim dyfeisio na darllen er mwyn ei drechu," meddai Klaus yn isel ei ysbryd, "achos wyddon ni ddim pa gynllwyn sy ganddo ar y gweill."

"Wel, beth am i ni wyntyllu'r sefyllfa," cynigiodd Violet, gan ddefnyddio ymadrodd sy'n golygu "ystyried y posibiliadau fel ein bod ni'n deall y sefyllfa mor drwyadl ag y gallwn ni". "Mae Iarll Olaf wedi dod yma gan esgus bod yn rhywun arall, er mwyn ceisio cael ei ddwylo ar ein ffortiwn, mae'n amlwg."

"Ac os lwyddith e," aeth Klaus yn ei flaen, "fe fydd e wedyn yn ein lladd ni'n tri."

"Sgob!" sibrydodd Sunny'n ddwys. O dan yr amgylchiadau, ystyr hyn, mwy na thebyg, oedd, "Picil yn wir! Dyma beth yw argyfwng!"

"Ond," dywedodd Violet, "os daw unrhyw niwed inni cyn hynny, chaiff e byth mo'i ddwylo ar yr arian. Dyna pam y ceisiodd e 'mhriodi i y tro diwethaf."

"Diolch byth na lwyddodd e," meddai Klaus gan grynu trwyddo. "Bydde Iarll Olaf wedi bod yn frawd-yng-nghyfraith imi! Ond nid dyna'i fwriad y tro hwn, rwy'n siŵr. Fe soniodd e rywbeth am ddamwain."

"Ac am leoliadau mwy anghysbell," ychwanegodd Violet. "Periw sydd ganddo mewn golwg, rwy'n siŵr. Ond dyw Steffano ddim yn cael mynd i Beriw. Rhwygodd Wncwl Mald ei docyn."

"Pych!" gwichiodd Sunny mewn cri gyffredinol o

rwystredigaeth, gan bwnio'i dwrn bach ar y llawr. Mae bod yn "rhwystredig" yn golygu "methu dweud neu wneud yr hyn hoffech chi ei wneud, neu fethu gwybod beth yw'r peth iawn i'w ddweud neu'i wneud". Nid Sunny oedd yr unig un rhwystredig yn yr ystafell. Roedd Violet a Klaus yn teimlo'r un fath, ond roedden nhw'n rhy hen i allu mynegi eu rhwystredigaeth trwy ddyrnu'r llawr a dweud "Pych!".

Roedden nhw'n gresynu am hyn – sy'n golygu eu bod nhw'n flin iawn am y peth. Roedden nhw hefyd yn gresynu bod y cyfan yn gymaint o ddirgelwch ac mor anobeithiol. Yn fwy na dim, roedden nhw'n gresynu nad oedd eu rhieni annwyl yn dal yn fyw, ac nad oedden nhw i gyd yn ddiogel yn hen gartref y Baudelairiaid.

Ac fel y gresynai'r plant eu sefyllfa, rydw innau'n gresynu nad yw'r stori hon yn wahanol, er eich mwyn chi. Hyd yn oed wrth eistedd yma'n dweud beth ddigwyddodd, prin y galla i roi gair arall ar bapur. Efallai mai'r peth gorau fyddai ichi gau'r llyfr ar unwaith a pheidio â darllen gweddill y stori arswydus hon. Gallwch ddychmygu, os dymunwch, bod y plant yn sydyn wedi sylweddoli pa ddrygioni oedd ar y gweill gan Steffano ac wedi llwyddo i achub bywyd Wncwl Mald. Gallwch esgus bod ceir yr heddlu wedi cyrraedd gyda'u goleuadau'n fflachio, i gipio Steffano i'r carchar am weddill ei oes. Neu ddychmygu bod y Baudelairiaid yn byw'n hapus gyda'u Hewythr Maldwyn hyd y dydd heddiw. Gorau oll fyddai ichi gredu na chafodd rhieni'r plant eu lladd yn y lle cyntaf, ac mai dim ond ffrwyth dychymyg oedd y tân ac Iarll Olaf a phob digwyddiad anffodus arall a ddaeth i'w rhan.

Ond nid stori hapus yw hon, ac rydw i fy hun yn anhapus iawn wrth ddweud wrthych bod yr amddifaid wedi eistedd mewn tawelwch yn ystafell Violet am weddill y noson. Petai rhywun wedi cymryd sbec drwy'r ffenestr wrth i'r wawr dorri, fe fydden nhw wedi gweld tri phlentyn yn cwtsho gyda'i gilydd ar y gwely, eu llygaid yn llydan agored ac yn llawn gofid. Ond chymerodd neb sbec drwy'r ffenestr. Yn lle hynny, fe gurodd rhywun ar y drws, bedair gwaith, fel petai hoelion yn cael eu taro i gau rhywbeth yn sownd am byth.

Blinciodd y tri ac edrych ar ei gilydd. "Pwy sy 'na?" gofynnodd Klaus, ond roedd ei lais yn swnio'n ansicr ar ôl bod yn dawel am gymaint o amser.

Yn lle cael ateb, gwelodd y plant ddolen y drws yn troi, a phan agorwyd ef, pwy welen nhw'n sefyll yno ond Steffano, ei ddillad yn ddi-raen a'i lygaid yn sgleinio'n fwy llachar nag erioed.

"Bore da," meddai. "Mae'n bryd inni adael am Beriw. Dim ond lle i dri o blant a fi sy ar ôl yn y jîp. Siapwch hi, glou!"

"Fe dywedon ni wrthych chi ddoe nad ydych chi'n dod i Beriw," atebodd Violet. Roedd hi'n gobeithio bod mwy o ddewrder i'w glywed yn ei llais nad oedd yn ei chalon.

"Eich Wncwl Mald chi yw'r un na fydd yn mynd," meddai Steffano gan godi'r rhan o'i dalcen lle'r arferai ei ael fod.

"Peidiwch â siarad dwli," mynnodd Klaus. "Fydde Wncwl Mald ddim am golli'r daith am ddim yn y byd."

"Gofynnwch iddo," meddai Steffano, a gwelodd y Baudeleriaid olwg gyfarwydd ar ei wep. Prin fod ei geg wedi symud, ond roedd ei lygaid yn disgleirio fel petai e newydd ddweud jôc. "Rwy'n meddwl y dylech chi ofyn iddo'ch hun. Mae e yn Ystafell yr Ymlusgiaid."

"Dyna wnawn ni," dywedodd Violet. "Does gan Wncwl Mald ddim bwriad gadael i chi ddod gyda ni i Beriw o gwbl." Cododd oddi ar y gwely, gan afael yn nwylo Sunny a Klaus a cherdded heibio Steffano oedd yn crechwenu wrth y drws. Gair da sy'n golygu "gwenu mewn ffordd gas a sbeitlyd" yw "crechwenu". Ac yn ogystal â gwneud hynny, moesymgrymodd Steffano ei ben wrth iddyn nhw basio.

Wrth iddyn nhw fynd i lawr y grisiau, teimlai'r cyntedd yn rhyfedd o dawel, ac edrychai'n wag fel tyllau llygaid mewn penglog. "Wncwl Mald!" gwaeddodd Violet, ond doedd dim ateb. Camodd y tri'n bryderus o araf, a'r cyfan fedren nhw ei glywed oedd y synau sinistr hynny sydd i'w cael mewn tŷ a fu'n wag am amser hir. "Wncwl Mald?"

mentrodd Klaus eto. Ond ddaeth 'run smic o sŵn i dorri ar y tawelwch.

Gan sefyll ar flaenau ei thraed, llwyddodd Violet i afael yn y ddolen anferth ar ddrws Ystafell yr Ymlusgiaid a'i agor. Wrth rythu i mewn i'r ystafell, cafodd y plant eu hypnoteiddio gan y glesni rhyfedd a lenwai'r ystafell wrth i'r haul cynnar dreiddio drwy'r nenfwd a'r waliau gwydr. Roedd cysgodion yn cael eu creu ym mhobman, a dim ond ffurfiau gwan yr ymlusgiaid oedd i'w gweld wrth iddynt symud yn dawel yn eu cewyll.

Cerddodd y tri drwy'r ystafell i gyfeiriad llyfrgell Wncwl Mald, gyda sŵn eu traed yn adleisio drwy'r lle. Er bod yr ystafell yn ymddangos yn anghyfarwydd ac yn dipyn o ddirgelwch, roedd rhyw gysur yn yr anghyfarwydd a theimlai'r dirgelwch yn eithaf diogel. Onid oedd Wncwl Mald wedi dweud wrthyn nhw na fyddai unrhyw niwed yn dod iddyn nhw yma yn Ystafell yr Ymlusgiaid, dim ond iddyn nhw ofalu dysgu'r ffeithiau? Serch hynny, fe fyddwch chi a fi yn cofio bod geiriau Wncwl Mald yn llawn eironi dramatig. Yma, nawr, yng ngolau gwan y bore bach, roedd yr eironi hwnnw ar fin dod yn amlwg, oherwydd, fel roedden nhw'n nesáu at y silffoedd llyfrau, gallai'r plant weld ryw sypyn aneglur yn bentwr yn y cornel. Cyneuodd Klaus un o'r lampau trydan yn nerfus er mwyn gallu gweld yn well.

Wncwl Mald oedd y sypyn ar y llawr. Roedd ei geg yn gilagored, fel petai rhywbeth wedi ei synnu. Roedd ei lygaid yn agored hefyd, ond fe wyddai'r tri yn syth nad oedd e'n gallu eu gweld. Roedd ei groen yn welw, er mor ruddgoch oedd ei fochau fel arfer. O dan ei lygad chwith roedd dau dwll yn agos at ei gilydd – tyllau tebyg i'r rhai fyddai dannedd sarff yn eu wneud.

"Dina, dina!" meddai Sunny, gan dynnu wrth odre trowsus Wncwl Mald. Ond doedd Wncwl Mald ddim yn symud gewyn. Yn union fel roedd e wedi'i addo, ni ddaeth unrhyw niwed i ran y Baudelairiaid yn Ystafell yr Ymlusgiaid, ond roedd ef ei hun wedi dioddef niwed mawr.

PENNOD
Saith

"*Wel*, wel! Tewch â sôn!" meddai llais y tu ôl iddynt. Roedd Steffano'n sefyll yno, y cês du gyda'r clo arian disglair yn ei ddwylo ac yn cogio ei fod newydd gael sioc ddychrynllyd. Bydd llawer ohonoch, ond nid pawb, yn gwybod mai ystyr "cogio" yw "esgus neu smalio". Er nad oedd Klaus yn gyfarwydd â'r ystyr, gallai ef a'i chwiorydd weld yn amlwg mai esgus ei fod wedi cael sypréis oedd Steffano.

"Bu damwain erchyll," aeth Steffano yn ei flaen. "Cafodd ei

gnoi gan neidr. Fe gaiff pwy bynnag ddaw o hyd iddo sioc y diawl."

"Chi …" Ceisiodd Violet siarad, ond doedd ei llwnc ddim yn gallu stumogi'r geiriau, fel petai marwolaeth Wncwl Mald yn fwyd oedd yn blasu'n ddrwg yn ei cheg. "Y chi …"

Chymerodd Steffano ddim sylw ohoni. "Wrth gwrs, pan ddaw rhywun o hyd i gorff Dr Maldwyn, fe fyddan nhw'n holi beth ddaeth o'r plant amddifad atgas 'na oedd yn byw 'dag e. Ond na hidiwch, chewch chi byth mo'ch dal. Sôn am hynny – mae'n hen bryd inni fynd. Bydd y *Prospero*'n hwylio o'r Harbwr Tesog am bump, ac fe hoffwn i fod y cyntaf ar ei bwrdd. Bydd gen i ddigon o amser i fwynhau potelaid o win cyn swper wedyn."

"Shwt allech chi?" sibrydodd Klaus yn wan, gan fethu tynnu'i lygaid oddi ar wyneb gwelw, gwelw Wncwl Mald. "Shwt allech chi wneud hyn? Shwt allech chi 'i ladd e?"

"Twt, twt!" meddai Steffano wrth gerdded draw at gorff Wncwl Mald. "Fe ddylai fod yn gwbl amlwg i ryw grwtyn hollwybodus fel ti mai cael ei gnoi gan neidr wnaeth dy hen wncwl tew, nid cael ei ladd gan neb. Edrych mor welw yw ei groen. Weli di fel mae'r llygaid gwag 'na'n rhythu?"

"*Dyna ddigon!*" mynnodd Violet. "*Peidiwch â siarad fel'na!*"

"Digon gwir," cytunodd Steffano. "Does dim amser i glebran. Mae 'da ni long i'w dal. Mae'n bryd inni'i throi hi!"

"Dy'n ni ddim yn mynd i unman 'da chi," meddai Klaus. Gwingai ei wyneb dan straen ei ymdrech i ganolbwyntio ar y perygl roedden nhw ynddo. "Fe arhoswn ni yma tan ddaw'r heddlu."

"A shwt fydd yr heddlu'n gwybod bod angen iddyn nhw ddod yma?" gofynnodd Steffano.

"Rhaid inni'u ffonio nhw," meddai Klaus a chamu tuag at y drws.

Gollyngodd Steffano'r cês o'i law, a'r clo arian yn creu sŵn mawr wrth ddisgyn ar y llawr marmor. Cymerodd yntau gam neu ddau ymlaen a sefyll rhwng Klaus a'r drws, ei lygaid yn goch gan gynddaredd. "Rwy wedi danto'n lân gorfod *egluro* popeth iti. Wyt ti wedi anghofio *hon*?" Tynnodd y gyllell arswydus o'i boced unwaith eto. "Mae hi'n finiog iawn ac yn awyddus i achosi niwed iti – bron mor awyddus â fi. Os na wnei di ufuddhau i mi, fe gei di niwed corfforol difrifol. Ydy hynny'n ddigon clir iti? Nawr, ewch i mewn i'r blwmin jîp 'na."

Peth anghwrtais iawn, iawn i'w wneud yw rhegi, fel y gwyddoch chi, rwy'n siŵr. Mae hefyd yn ddiangen fel arfer. Ond roedd ar y Baudelariaid ormod o ofn i dynnu sylw Steffano at hyn ar y pryd. Yn lle hynny, fe gymeron nhw un cip olaf ar eu hewythr druan, cyn dilyn Steffano at y blwmin jîp y tu allan. Er ei bod hi eisioes yn cario baich drom, gorfodwyd Violet i gario'r cês trwm hefyd, ond prin ei bod wedi sylwi, hyd yn oed, wrth gofio am y sgwrs olaf gafodd hi, ei chwaer a'i brawd gydag Wncwl Mald. Torrodd chwys oer drosti wrth feddwl nad sgwrs go iawn oedd hi o gwbl, mewn gwirionedd. Wrth deithio'n ôl ar ôl gweld *Zombis yn yr Eira* y noson cynt, fe fyddwch chi'n cofio bod y plant wedi ymgolli gymaint yn eu gofid am Steffano, wnaethon nhw ddim torri'r un gair ag Wncwl Mald. Hyd yn oed pan stopiodd y jîp o flaen y tŷ, y cyfan wnaethon nhw oedd ei heglu hi am y llofft, heb hyd yn oed ddymuno "nos da" i'r dyn oedd nawr yn gorwedd yn farw o dan gynfas wen yn Ystafell yr Ymlusgiaid.

Fedrai Violet ddim cofio a ddywedon nhw "Diolch yn fawr," hyd yn oed, wrth y dyn a fu mor glên â mynd â nhw i'r sinema. Toddodd yr atgofion yn niwl du yn ei meddwl. Efallai ei bod hi a Klaus a Sunny wedi dweud "Diolch, Wncwl Mald" pan oedd e'n codi'r tocynnau iddyn nhw i gyd ar y ffordd i mewn. Ond doedd hi ddim yn siŵr.

Agorodd Steffano ddrws y jîp a defnyddio'i gyllell i gyfeirio Klaus a Sunny at y sedd gefn gyfyng. Gorfodwyd Violet i eistedd yn y sedd ffrynt, nesaf at Steffano, gyda'r cês yn ei chôl. Gobeithiai'r tri phlentyn amddifad na fyddai'r injan yn tanio, ond roedd eu hewythr wedi edrych ar ôl ei gerbyd yn dda, a chychwynnodd y peiriant yr eiliad y trodd Steffano'r allwedd.

Wrth i'r cerbyd symud ar hyd y dreif, cymerodd Violet, Klaus a Sunny gipolwg ar y perthi ar siâp seirff ac Ystafell yr Ymlusgiaid, lle roedd Wncwl Mald wedi dod â chymaint o greiriau at ei gilydd o dan yr un to. Roedd ef ei hun yn un o'r creiriau hynny nawr, a chymaint oedd y tristwch oedd yn pwyso arnynt, dechreuodd y tri lefain yn dawel. Anodd iawn bob amser yw derbyn y sefyllfa pan fydd rhywun sy'n annwyl inni'n marw. Mae pawb yn gwybod mai dim ond dros dro y byddwn ni yn y byd hwn, ac y bydd pawb yn gorwedd yn llonydd o dan gynfas wen un dydd, heb ddeffro byth mwy. Ond serch hynny, mae e'n dal yn sioc o'r newydd bob tro mae'n digwydd i rywun sy'n agos atom ni. Os ydych chi erioed wedi cerdded i fyny'r grisiau yn y tywyllwch, a chamgyfrif nifer y grisiau, mi fyddwch yn gyfarwydd â'r teimlad. Rydych chi'n rhoi eich troed i lawr, gan ddisgwyl iddi gyrraedd gris. Ond mae eich troed yn disgyn rai modfeddi drwy'r awyr cyn cyrraedd y llawr, a dyna pryd y byddwch chi'n sylweddoli eich bod chi ar y landin, nid ar ris. Am eiliad, mae'r lle'n ddu bitsh a'r sioc yn ddigon i wneud i'ch bola chi droi. Ond cyn pen dim, mae eich traed wedi ailsefydlu eu hunain a chithau'n dod i ddeall beth ddigwyddodd. Nid dros Wncwl Mald yn unig y collodd y Baudelairiaid ddagrau, ond dros eu rhieni hefyd – a thros y cam gwag hwnnw yn y tywyllwch sy'n rhan o bob colled fawr.

Beth oedd ar fin digwydd i'r Baudelairiaid? Roedd Steffano wedi llofruddio'r dyn oedd i fod edrych ar eu holau, a nawr roedden nhw ar eu pennau eu hunain unwaith eto. Pa gynlluniau oedd gan Steffano ar eu cyfer? Doedd e ddim i fod i ddod gyda nhw i Beriw, ond nawr fe fyddai ar fwrdd y *Prospero* – doedd dim byd yn sicrach. Ac yna, beth? Pwy allai ddod i'w hachub ym Mheriw? Oedd Steffano'n mynd i lwyddo i ddwyn eu ffortiwn? A pha ddyfodol fyddai i'r amddifaid wedyn?

Cwestiynau dwys a difrifol iawn oedd y rhain, bob un. Rhai mor ddwys a difrifol nes bod y tri wedi ymgolli ynddyn nhw'n llwyr – mor llwyr, yn wir, fel na sylwodd yr un ohonyn nhw fod Steffano ar fin taro yn erbyn cerbyd arall tan i'r glec ddigwydd.

Roedd yna sŵn erchyll ac aflafar iawn wrth i fetel a gwydr fynd benben â'i gilydd. Taflwyd y plant i'r llawr gyda *hergwd* mor egr nes eu bod yn ofni bod eu stumogau wedi glanio ar y sedd. Neidiodd y cês oedd ar gôl Violet i mewn i'w hysgwydd, cyn tasgu at ffenestr flaen y jîp a gwneud i'r gwydr gracio'n ddeuddeg rhan a chreu patrwm a edrychai fel gwe pry cop. Ar ôl gwichian ei syndod, ceisiodd Steffano droi'r llyw i bob cyfeiriad, ond doedd dim yn tycio. Roedd y car bach du a jîp Wncwl Mald wedi cloi'n sownd yn ei gilydd, a'r cyfan oedd i'w glywed wedyn oedd *hergwd* sgwishlyd arall, wrth i'r ddau gerbyd syrthio i ffos fwdlyd ar ymyl y lôn.

Anaml iawn y gallwch chi honni bod damwain ffordd yn ddigwyddiad ffodus, ond mae modd dweud hynny yma. Gyda'r perthi anghyffredin ar ymylon lawnt Wncwl Mald yn dal o fewn golwg y tu cefn iddynt, roedd taith y plant Baudelaire i'r Harbwr Tesog wedi dod i stop yn ddisymwth.

Gwichiodd Steffano floedd arall – un o ddicter pur y tro hwn. "Holl goelcerthi uffern!" gwaeddodd wrth i Violet rwbio'i hysgwydd i wneud yn siŵr nad oedd wedi torri asgwrn. Cododd Klaus a Sunny'n ofalus iawn oddi ar lawr y cerbyd, gan syllu'n syn ar y ffenestr flaen doredig. Hyd y gallen nhw weld, dim ond un person oedd yn y car du a drawodd yn eu herbyn, ond roedd hi'n anodd gweld yn iawn, am fod hwnnw wedi cael mwy o lawer o ddifrod na'r jîp. Cywasgwyd ffrynt y car – sy'n golygu ei fod wedi'i wasgu at ei gilydd fel acordion – ac roedd clawr metel un o'r olwynion yn dal i droelli ar balmant Lôn Chwain, fel ceiniog enfawr sy'n methu penderfynu a ddylai ddisgyn ar ei phen neu ar ei chynffon.

Gwisgai'r gyrrwr siwt lwyd, a gwnâi ryw synau garw, fel ffrwydradau bychain, wrth frwydro i agor ei ddrws drylliedig. Pan ddaeth i'r golwg o'r diwedd, gwnaeth y synau garw unwaith eto a thynnu hances wen o'i boced.

"Mr Poe yw e!" bloeddiodd Klaus. Ac roedd e yn llygad ei le. Mr Poe oedd e, yn peswch fel arfer. Er mor enbyd oedd eu sefyllfa, roedd y plant mor falch o'i weld nes methu peidio â gwenu'n gyffrous arno.

"Mr Poe! Mr Poe!" llefodd Violet, gan estyn heibio'r cês i agor drws y cerbyd.

Cydiodd Steffano ynddi gerfydd ei hysgwydd dost, gan droi ei ben yn araf er mwyn i bob un o'r tri phlentyn allu gweld ei lygaid sgleiniog. "Dyw hyn yn newid *dim*!" hisiodd arnynt. "Rydych chi wedi cael mymryn o lwc, efallai, ond dyna'r cyfan gewch chi. Fe fydd y tri ohonoch 'nôl yn y jîp 'ma ac yn teithio i'r Harbwr Tesog mewn da bryd i ddal y *Prospero*, rwy'n addo ichi."

"Gawn ni weld am hynny," atebodd Violet, gan lwyddo i agor y drws a sleifio allan o dan y cês. Agorodd Klaus y drws cefn, gan gamu o'r car yn cario Sunny. "Mr Poe! Mr Poe!"

"Violet?" holodd Mr Poe. "Violet Baudelaire? Ti sy 'na?"

"Ie, Mr Poe," atebodd. "'Dan ni i gyd yma. Diolch byth eich bod wedi taro i mewn i ni fel'na."

"Fyddwn i ddim yn mynd mor bell â dweud hynny," meddai Mr Poe. "Bai'r gyrrwr arall oedd y ddamwain – *chi* darodd i mewn i *mi*."

"Rhag eich cywilydd …!" gwaeddodd Steffano gan stryffaglu allan o'r jîp. Cyrychodd ei drwyn wrth arogli sawr drwg y rhuddygl poeth tra oedd yn brasgamu draw at Mr Poe. Ond yna, ar ganol ei frawddeg, gallai'r plant ei weld yn ildio'i olwg o atgasedd ac yn cogio bod yn ddryslyd a thrist yn lle hynny. "Mae'n flin calon gen i," meddai mewn llais uchel, crynedig. "Y fi *sydd* ar fai. Cymaint yw fy ngofid dros yr hyn sydd wedi digwydd, fedrwn i ddim canolbwyntio ar y gyrru. Gobeithio na chawsoch chi niwed, Mr Ddoe."

"*Poe* yw'r enw," meddai Mr Poe. "A na, ches i ddim niwed. Trwy lwc, chafodd neb niwed, mae'n ymddangos. Ar wahân i'r car, ysywaeth. Ond pwy ydach chi, a be 'dach chi'n 'neud 'da'r Baudelairiaid?"

"Fe ddyweda i wrthych chi pwy yw e …" meddai Klaus.

"Dim nawr, Klaus," torrodd Mr Poe ar ei draws. "Gadewch i'r dyn siarad …"

"Steffano yw'n enw i," meddai Steffano gan ysgwyd llaw Mr Poe, "a fi yw – hynny yw, fi *oedd* – cynorthwy-ydd Dr Maldwyn."

"*Oedd?*" holodd Mr Poe yn ddiamynedd. "Be 'dach chi'n feddwl, ddyn? Gawsoch chi'r sac?"

"Naddo. Ond mae Dr Maldwyn … O, maddeuwch imi …" A chyda hynny, trodd Steffano o'r neilltu, gan gogio bod deigryn yn ei lygad. Cododd law at ei foch a wincio ar y plant. "Mae'n flin iawn gen i orfod dweud hyn, ond mae damwain anffodus iawn wedi digwydd, Mr Sioe. Mae Dr Maldwyn wedi marw."

"*Poe,*" meddai Mr Poe. "Wedi marw? Wel, wir, mae hynny'n newyddion ofnadwy. Beth yn y byd ddigwyddodd?"

"Wn i ddim yn iawn," meddai Steffano. "Ond yn ôl pob tebyg, cafodd ei gnoi gan neidr. Nid mod i'n gwybod dim am nadroedd … Dyna pam rwy ar y ffordd i nôl doctor. A doeddwn i ddim am adael y plant ar eu pennau eu hunain dan y fath amgylchiadau."

"Nid ar y ffordd i nôl doctor 'yn ni," gwaeddodd Klaus. "Mae e'n mynd â ni i Beriw!"

"Fe welwch chi pam na fedrwn i adael y pethe bach ar eu pennau'u hunain," meddai Steffano, gan roi ei law yn ffug dadol ar ben Klaus. "Maen nhw'n amlwg dan straen. Roedd Dr Maldwyn ar fin mynd â nhw i Beriw heddiw."

"Oedd, rwy'n gwybod," dywedodd Mr Poe. "Dyna pam ro'n i ar frys i gyrraedd gyda'u holl stwff nhw cyn iddyn nhw adael. Klaus, rwy'n gwybod bod hyn yn anodd, ond rhaid iti ddeall bod Dr Maldwyn wedi marw ac nad wyt ti'n mynd i Beriw wedi'r cwbl. Mae'r trip wedi'i ganslo."

"Ond Mr Poe –" meddai Klaus yn grac.

"Dyna ddigon," mynnodd Mr Poe. "Mater i oedolion yw hwn nawr. Rhaid galw meddyg ar frys."

"Pam nad ewch chi draw i'r tŷ, ac fe aiff y plant a minnau yn ein blaenau i nôl un," cynigiodd Steffano.

"Diffts!" gwichiodd Sunny, gan olygu "Dim ffiars o beryg!" neu rywbeth tebyg.

"Pam nad awn ni i gyd yn ôl i'r tŷ ac fe *ffoniwn* ni am ddoctor," meddai Mr Poe.

Amrantiodd Steffano a throdd ei wyneb yn ddu gan ddicter am eiliad cyn iddo lwyddo i gadw rheolaeth arno'i hun. "Wrth gwrs," meddai. "Syniad da. Dwi ddim yn gallu meddwl yn glir. 'Nôl â ni i mewn i'r jîp, blant. Dilynwch chithe yn eich car chi, Mr Poe."

"'Dan ni ddim yn mynd i unman gyda chi byth eto," meddai Klaus yn gadarn.

"Mewn difri calon, Klaus," meddai Mr Poe. "Ceisia ddeall. Mae hyn yn fater difrifol iawn. Wn i ddim a wnaiff fy nghar i danio, hyd yn oed – dyna'r unig drafferth."

"Rhowch gynnig arni," meddai Steffano, ac aeth Mr Poe yn ôl at ei gar. Eisteddodd yn sedd y gyrrwr a cheisio troi'r allwedd. Daeth rhyw synau gwlyb, garw o grombil yr injan – digon tebyg i sŵn ei beswch ef – ond doedd dim modd ei chychwyn.

"Mae'n farw gelain," gwaeddodd Mr Poe.

"Dyna fyddi dithe hefyd toc," mwmialodd Steffano i gyfeiriad y plant. Ystyr "celain" yw "corff marw" ac mae dweud bod rhywbeth yn "farw gelain" yn golygu ei fod yn hynod, hynod farw. Ond doedd Mr Poe ddim wedi clywed geiriau bygythiol Steffano.

"Fe af i â'r plant nôl i'r tŷ yn y jîp," meddai Steffano wedyn mewn llais uwch. "Cerddwch chithe ar ein holau. Does dim lle i bawb, gwaetha'r modd."

Gwgodd Mr Poe. "Ond mae'r car yn llawn dop o fagiau. Dwi ddim am adael trugareddau'r plant ar ymyl y lôn. Pam na rown ni'r cesys yn y jîp, ac fe gerdda i a'r plant yn ôl i'r tŷ."

Gwgodd Steffano. "Wel, fe ddylai un o'r plant ddod 'da fi, rhag ofn imi fynd ar goll."

Gwenodd Mr Poe. "Go brin yr ewch chi ar goll. Dacw'r tŷ draw fan'na!"

"Dyw Steffano ddim am inni fod ar ein pennau ein hunain yn eich cwmni," meddai Violet o'r diwedd. Roedd hi wedi bod yn aros ei chyfle. "Ofni mae e y byddwn ni'n dweud wrthych chi pwy yw e go iawn a be sy ar y gweill ganddo."

"Am be mae hi'n sôn, dywedwch?" gofynnodd Mr Poe i Steffano.

"'Sgen i ddim syniad, Mr Hoe," atebodd Steffano gan ysgwyd ei ben a gwgu ar Violet.

Tynnodd Violet anadl ddofn. "Iarll Olaf yw hwn," meddai, gan bwyntio at Steffano. "Roedd e ar fin ein cipio ni pan ddigwyddodd y ddamwain."

"Pwy ydw i?" gofynnodd Steffano. "Beth ydw i ar fin ei wneud?"

Edrychodd Mr Poe yn ofalus ar Steffano. "Rhaid ichi faddau i'r plant," meddai. "Maen nhw wedi ypsetio'n lân. Dyn drwg dros ben yw Iarll Olaf. Fe geisiodd ddwyn eu harian, ac mae e'n dipyn o fwgan ganddyn nhw."

"Ydw i'n edrych yn debyg i'r Iarll Olaf 'ma?" gofynnodd Steffano, ei lygaid yn sgleinio.

"Nac ydych," atebodd Mr Poe. "Un ael oedd gan Iarll Olaf, a doedd ganddo 'run farf. Ond mae 'da chi farf, a – maddeuwch imi am ddweud hyn – does 'da chi dim arlliw o aeliau o gwbl."

"Wedi eillio'r ael mae e," meddai Violet. "A thyfu'r farf. Hawdd gweld hynny."

"A'r tatŵ!" dywedodd Klaus. "Tatŵ o lygad, ar ei bigwrn. Gall pawb weld hwnnw hefyd."

Edrychodd Mr Poe ar Steffano, a chan godi'i ysgwyddau'n lletchwith, dywedodd, "Ddrwg 'da fi orfod gofyn hyn, ond mae'n amlwg bod y plantos dan dipyn o bwysau, ac fe hoffwn i dawelu eu meddyliau cyn mynd dim pellach. Fydde ots 'da chi ddangos eich pigwrn i mi?"

"Yn llawen," atebodd Steffano, gan wenu'n ddanheddog ar y plant. "Y dde neu'r chwith?"

Caeodd Klaus ei lygaid i feddwl am eiliad. "Y chwith," meddai.

Cododd Steffano ei droed chwith a'i gorffwys ar fympyr y jîp. Edrychodd ar y Baudelairiad â'i lygaid sgleiniog, sgleiniog wrth iddo godi godre'i drowsus streipiog llawn staeniau. Craffodd Violet, Klaus, Sunny a Mr Poe ar ei bigwrn.

Cododd y trowsus yn araf, fel codi llenni ar ddechrau drama. Ond doedd dim tatŵ o lygad i'w weld o gwbl. Ar ddarn o groen llyfn yr edrychent, a hwnnw mor wag a gwelw ag wyneb Wncwl Mald, druan.

PENNOD
Wyth

Bustachodd y jîp tolciog ar hyd y ffordd o'u blaenau, tra cerddodd yr amddifaid Baudelaire i gyfeiriad tŷ Wncwl Mald, gyda gwynt y rhuddygl poeth yn eu ffroenau a rhwystredigaeth yn eu calonnau. Digalon iawn yw cael eich profi'n anghywir, yn enwedig pan rydych chi'n gwybod mai chi sy'n iawn ac mai'r person sydd newydd eich profi chi'n anghywir yw'r person sy'n anghywir go iawn, er bod hwnnw newydd brofi i bawb, yn anghywir, mai fe sy'n gywir. Ydych chi'n cytuno?

"Wn i ddim sut y cafodd e wared ar ei datŵ," meddai Klaus wrth Mr Poe, oedd yn dal i besychu i'w hances. "Ond Iarll

Olaf yw hwnna, heb os nac oni bai."

"Waeth iti heb â rhygnu 'mlaen a 'mlaen am y peth," meddai Mr Poe ar ôl gorffen peswch. "Doedd 'run brycheuyn ar bigwrn Steffano, a dyna ni. Ystyr 'brycheuyn' yw …"

"'Dan ni'n gwybod beth yw ystyr 'brycheuyn'," mynnodd Klaus, gan syllu'n syth o'i flaen ar Steffano'n camu o jîp Wncwl Mald ac yn cerdded i mewn i'r tŷ. "Mae e'n golygu 'marc' neu 'faw', neu, yn yr achos hwn, *tatŵ*! Ond Iarll Olaf yw'r dyn 'na. Mae'r peth yn gwbl amlwg."

"Yr unig beth sy'n amlwg i mi," meddai Mr Poe, "yw'r hyn wela i â'm llygaid fy hun. A'r hyn wela i yw dyn gyda barf, ond heb aeliau na thatŵ, ac felly nid Iarll Olaf yw e. A ph'run bynnag, wn i ddim pam 'dach chi'n pryderu cymaint amdano. Gan fod Dr Maldwyn wedi marw mor sydyn, bydd yn rhaid gwneud trefniadau eraill – ond dyw hynny ddim yn golygu y byddwn ni'n eich gadael chi a'ch ffortiwn yng ngofal ei gynorthwy-ydd. All y dyn ddim hyd yn oed gofio fy enw i!"

Ochneidiodd Klaus wrth edrych ar ei chwiorydd.

Haws fyddai dal pen rheswm â pherth ar siâp sarff nag â Mr Poe. Roedd Violet ar fin rhoi cynnig ar newid ei feddwl pan ganodd corn car y tu ôl iddyn nhw. Symudodd Mr Poe a'r plant o ffordd y car bach llwyd oedd yn teithio tuag atynt. Dyn main iawn mewn cot wen oedd y gyrrwr, ac aeth heibio i'r pedwar cyn stopio o flaen y tŷ.

"Allwn ni'ch helpu chi?" gofynnodd Mr Poe wrth iddyn nhw gyrraedd ato.

"Dr Lwcaffont ydw i," meddai'r dyn, gan bwyntio ato'i hun â llaw fawr solet. "Fe ges alwad yn dweud bod 'na ddamwain erchyll wedi digwydd, yn ymwneud â neidr."

"Rydych chi yma'n barod?" meddai Mr Poe mewn rhyfeddod. "Prin fod Steffano wedi cael amser i ffonio, heb sôn am i chi gael cyfle i yrru draw yma."

"Mae'n bwysig symud yn gyflym pan fydd 'na argyfwng," dywedodd Dr Lwcaffont. "Os oes 'na gorff marw i'w archwilio, gwell gwneud hynny cyn gynted â phosibl."

"Wrth gwrs," cytunodd Mr Poe. "Rhyfeddu at ba mor effeithiol ydych chi oeddwn i."

109

"Ble mae'r corff?" gofynnodd Dr Lwcaffont gan gerdded at y drws.

"Fe all Steffano ddangos ichi," meddai Mr Poe.

Safai hwnnw yn y cyntedd gyda phot coffi yn ei law. "Rwy ar fin gwneud paned," meddai. "Pwy hoffai un?"

"Fe gymera i baned," meddai Dr Lwcaffont. "Does dim byd gwell na phaned o goffi da cyn dechrau ar waith y dydd."

Crychodd Mr Poe ei dalcen. "Ddylech chi ddim edrych ar Dr Maldwyn yn gyntaf?"

"Ie, Dr Lwcaffont," meddai Steffano. "Rhaid symud yn gyflym mewn argyfwng. Ydych chi ddim yn cytuno?"

"Digon gwir, digon gwir!" dywedodd Dr Lwcaffont.

"Yn Ystafell yr Ymlusgiaid mae Dr Maldwyn, druan," meddai Steffano, gan bwyntio at y fan lle gorweddai corff gwarchodwr y Baudelairiaid. "Archwiliwch e'n dda, os gwelwch yn dda, ac *yna* fe gewch chi baned o goffi."

"Chi yw'r bòs," meddai Dr Lwcaffont, gan agor

drws mawr Ystafell yr Ymlusgiaid â'i law ryfedd o
stiff. Ar yr un pryd, aeth Steffano â Mr Poe drwodd
i'r gegin, a dilynodd y Baudelairiaid nhw'n ddigalon.
Mewn rhai llefydd, bydd pobl sy'n teimlo'n
lletchwith, yn chwithig ac yn ddi-werth yn dweud eu
bod nhw'n "teimlo fel pumed olwyn". Os oes pedair
olwyn ar gerbyd fel arfer, does dim pwrpas cael
pumed, oes e? Ac wrth i Steffano baratoi coffi i'r
oedolion, eisteddai Violet, Klaus a Sunny wrth fwrdd
y gegin, yn teimlo'n union fel pumed, chweched a
seithfed olwyn cerbyd oedd ar ei ffordd i'r Harbwr
Tesog a'r *Prospero*.

"Pan siaradais i ar y ffôn gyda Dr Lwcaffont,"
meddai Steffano wrth Mr Poe, "fe soniais wrtho am y
ddamwain gyda'ch car chi. Ar ôl iddo orffen ei
archwiliad, fe aiff e â chi i'r dre i drefnu mecanic i
drwsio'ch car, ac fe arhosaf innau yma gyda'r
amddifaid."

"Na," mynnodd Klaus yn bendant. "Wnawn ni
ddim aros eiliad ar ein pennau'n hunain 'da chi."

Gwenodd Mr Poe ar Steffano, wrth i hwnnw
arllwys y coffi i'r cwpan, ac yna edrychodd yn chwyrn

i gyfeiriad Klaus. "Mi wn i fod heddiw'n ddiwrnod anodd," meddai, "ond dyw hynny'n ddim esgus dros bod yn anghwrtais. Ymddiheura i Steffano ar unwaith, Klaus."

"Dim peryg!" atebodd Klaus.

"Peidiwch â phoeni, Mr Joe," dywedodd Steffano'n addfwyn. "Maen nhw wedi ypsetio'n lân dros lofruddiaeth Dr Maldwyn. All rhywun ddim disgwyl iddyn nhw fod ar eu hymddygiad gorau."

"Llofruddiaeth?" meddai Violet. Edrychodd ar Steffano fel petai hi'n gwneud dim ond holi'n ddiniwed, yn hytrach na bod yn wyllt gacwn, fel roedd hi go iawn. "Pam sonioch chi am *lofruddiaeth*, Steffano?"

Tywyllodd wyneb Steffano a gwasgodd ei ddwylo'n ddyrnau wrth ei ochr. "Fe ddaeth y gair anghywir o 'ngheg i, dyna i gyd," meddai o'r diwedd.

"Mae'n gallu digwydd," meddai Mr Poe, gan sipian ei goffi. "Ond fe all y plant ddod i'r dre 'da Dr Lwcaffont a fi, os yw'n well ganddyn nhw."

"Rwy'n amau a fydd lle ar eu cyfer," meddai Steffano, ei lygaid yn sgleinio. "Car bach iawn yw e.

Ond fe all yr amddifaid ddilyn gyda fi yn y jîp, wrth gwrs."

Edrychodd y plant ar ei gilydd a meddwl yn galed. Roedd hon fel gêm – ac roedd popeth i'w ennill, neu ei golli. Petaen nhw'n cael eu gadael ar eu pennau eu hunain gyda Steffano, fe fydden nhw'n hwylio ymaith ar fwrdd y *Prospero*. Beth fyddai'n digwydd wedyn, ym mhell i ffwrdd ym Mheriw gyda'r dyn barus ac atgas hwn, doedd fiw iddyn nhw hyd yn oed feddwl am y peth. Ond roedd yn rhaid iddyn nhw feddwl am ffordd o wneud yn siŵr na ddigwyddai hynny. Ac yn sydyn, roedd trafod pwy oedd yn mynd i deithio gyda phwy ac ym mha gerbyd, yn hanfodol i'w bywydau. Mewn bywyd, yn aml, y manylion sy'n bwysig.

"Pam nad awn ni i'r dre 'da Dr Lwcaffont," cynigiodd Violet yn ofalus, "ac fe all Mr Poe ddilyn gyda Steffano?"

"Pam?" gofynnodd Mr Poe.

"Rwy wastad wedi bod eisiau gweld y tu mewn i gar meddyg," atebodd Violet, gan wybod bod hynny'n swnio'n rheswm tila iawn.

"Finne hefyd," cytunodd Klaus. "Plis, gawn ni

deithio yng nghar Dr Lwcaffont?"

"Fydd hynny ddim yn bosibl, gwaetha'r modd." Daeth llais Dr Lwcaffont o gyfeiriad y drws, gan synnu pawb. "Rwy newydd roi corff Dr Maldwyn yn fy nghar i, a does dim gobaith cael tri o blant i mewn hefyd. Mae lle i ddau deithiwr arall, efallai."

"Ydy'r archwiliad ar ben yn barod?" gofynnodd Mr Poe.

"Fy archwiliad cychwynnol yn unig yw hwn," meddai Dr Lwcaffont. "Rhaid cynnal rhagor o brofion ar y corff, ond rwy'n dyfarnu mai marw o gael ei gnoi gan neidr wnaeth y doctor. Oes coffi ar ôl yn y pot?"

"Wrth gwrs," atebodd Steffano, ac arllwys cwpaned iddo.

"Shwt allwch chi fod yn siŵr?" gofynnodd Violet i'r meddyg.

"Wrth gwrs 'mod i'n siŵr," atebodd Dr Lwcaffont yn ddryslyd. "Mae'n amlwg bod coffi ar ôl. Dyma lond cwpan ohono fan hyn."

"Yr hyn geisiodd Violet ei ofyn, rwy'n meddwl," meddai Mr Poe, "oedd sut allwch chi fod yn siŵr mai neidr laddodd Dr Maldwyn?"

"Fe ddes i o hyd i wenwyn Mamba'r Fall yn ei wythiennau – un o nadroedd mwya gwenwynig y byd."

"Ydy hynny'n golygu bod neidr wenwynig yn rhydd yn y tŷ?" gofynnodd Mr Poe.

"Na, na," eglurodd Dr Lwcaffont. "Mae Mamba'r Fall yn ddiogel yn ei chaets. Rhaid ei bod wedi dianc am sbel, wedi lladd Dr Maldwyn, ac yna ei chloi ei hun 'nôl yn y gawell eto."

"*Beth?*" holodd Violet. "Mae hynny'n gwbl hurt. All neidr ddim gweithio clo ar ei phen ei hun."

"Efallai fod nadroedd eraill wedi rhoi help llaw iddi," awgrymodd Dr Lwcaffont yn ddifeddwl, gan sipian ei goffi. "Oes bwyd ar gael? Bu'n rhaid imi ruthro draw yma heb frecwast."

"Mae eich stori chi'n swnio braidd yn od," meddai Mr Poe. Edrychodd yn amheus ar Dr Lwcaffont, wrth i hwnnw ddechrau agor y cypyrddau i weld beth oedd 'na i'w fwyta.

"Hen bethau od iawn yw damweiniau erchyll yn aml," atebodd.

"Does dim posib mai damwain oedd hi," meddai Violet. "Mae Wncwl Mald … *Roedd* Wncwl Mald," cywirodd ei hun, "yn un o herpetolegwyr gorau'r byd. Fyddai e byth yn cadw neidr beryglus mewn caets y gallai hi ei agor ar ei phen ei hun."

"Os na ddigwyddodd hyn ar ddamwain," meddai Dr Lwcaffont, "rhaid bod rhywun wedi'i wneud ar bwrpas. Nid chi'ch tri laddodd e, does bosib, a'r unig un arall yma ar y pryd oedd Steffano."

"A dydw i'n gwybod dim am nadroedd," prysurodd Steffano i ddweud. "Deuddydd yn unig rydw i wedi bod yma. Ches i ddim amser i ddysgu dim."

"Damwain oedd hi, felly," meddai Mr Poe. "Rwy'n flin iawn, blant. Ro'n i wedi meddwl y byddai Dr Maldwyn yn warchodwr addas ar eich cyfer …"

"Roedd e'n fwy o lawer na gwarchodwr addas," meddai Violet yn dawel. "Roedd e'n golygu llawer mwy na hynny i ni."

"*Bwyd Wncwl Mald yw hwnna!*" rhuodd Klaus yn sydyn, ei wep yn llawn cynddaredd wrth weld Dr Lwcaffont yn gafael mewn tun allan o un o'r cypyrddau. *"Chewch chi ddim bwyta'i fwyd e!"*

"Dim ond ychydig o eirin gwlanog sydd arna i eisiau," meddai Dr Lwcaffont, gan ddal y tun o ffrwythau roedd Wncwl Mald wedi'i brynu ddoe yn un o'i ddwylo rhyfedd.

"Gwell peidio, efallai," meddai Mr Poe yn garedig wrtho. "Mae'r plant yn sensitif iawn. A nawr 'te, Violet, Klaus a Sunny, beth am egusodi'ch hunain am sbel? Mae llawer i'w drafod, ac mae'r cyfan wedi bod yn ormod ichi'n barod. Dr Lwcaffont, mi fyddwch chi'n gyrru gyda Dr Maldwyn yn gelain wrth eich ymyl, a lle i ddau arall. Steffano, bydd lle i dri gyda chithau hefyd. Ydw i'n iawn?"

"Mae e'n ddigon syml," dywedodd Steffano. "Ewch chi a'r corff gyda Dr Lwcaffont ac fe ddilyna innau gyda'r plant."

"*Na!*" meddai Klaus yn bendant.

"Faudelairiaid," meddai Mr Poe, yr un mor bendant, "mae'n bryd ichi'n gadael ni am sbel."

"Affwp!" gwichiodd Sunny, oedd yn golygu "Na", mwy na thebyg.

"Ydy, mae hi," meddai Violet. Edrychodd yn

awgrymog ar ei brawd a'i chwaer cyn cydio yn nwylo'r ddau a hanner eu harwain, hanner eu llusgo, o'r gegin. Pan edrychodd Klaus a Sunny ar ei chwaer fawr, gallent weld bod golwg wahanol arni. Roedd hi'n ddwys a phenderfynol yr olwg, fel petai hi'n hwyr ar gyfer rhywbeth pwysig.

Byddwch yn cofio, wrth gwrs, y byddai Klaus, flynyddoedd yn ddiweddarach, yn deffro yn y nos yn difaru na alwodd ar y gyrrwr tacsi i stopio fel y gallai Steffano fynd yn ôl i'r ddinas gydag e'n syth, y foment y sylweddolodd Klaus mai Iarll Olaf oedd wedi dod yn ôl i ddrysu eu bywydau unwaith eto. Wel, yn hynny o beth, fe fu Violet yn fwy ffodus na'i brawd! Wrth glywed yr oedolion yn rhygnu trwy'u pethau, sylweddolodd mai nawr oedd ei chyfle hi i weithredu. Alla i ddim honni y byddai Violet yn cysgu'n esmwythach yn ei gwely ymhen blynyddoedd – roedd gormod o ddiflastod ym mywydau'r Baudelairiaid iddynt byth fod yn gysgwyr tawel – ond roedd rhyw ran ohoni'n mynd i fod yn falch hyd byth iddi feddwl yn ddigon chwim i esgusodi ei hun, ei brawd a'i chwaer, o'r gegin. Roedd hi wedi sylweddoli y gallen nhw fod mewn lle arall, mwy defnyddiol.

"Be sy ar dy feddwl di?" gofynnodd Klaus. "I ble 'dan ni'n mynd?" Roedd wyneb Sunny hefyd yn llawn cwestiynau, ond ysgwyd ei phen yn benderfynol wnaeth Violet, a cherdded yn gyflym tuag at Ystafell yr Ymlusgiaid.

PENNOD

Naw

Pan agorodd Violet ddrws anferth Ystafell yr
Ymlusgiaid, roedd yr ymlusgiaid yn dal
yn eu cewyll, y llyfrau'n dal ar eu
silffoedd, a haul y bore'n dal i lifo drwy'r
muriau gwydr. Ond serch hynny, doedd y
lle ddim 'run fath ag o'r blaen. Er bod Dr
Lwcaffont wedi symud corff Wncwl Mald, doedd
y lle ddim yn teimlo'n groesawgar fel cynt. Mwy
na thebyg, ni fyddai'n teimlo felly byth eto.
Weithiau, gall yr hyn sy'n digwydd mewn lle
arbennig sarnu ein teimladau tuag at y lle
hwnnw, yn union fel y gall inc ddisgyn ar
gynfas gwyn a'i sarnu am byth. Byddwch yn
gwybod, wrth gwrs, mai gair yn golygu "staenio

neu ddifetha" yw "sarnu". Ac er ichi olchi'r gynfas droeon, fyddwch chi byth yn anghofio bod inc wedi ei sarnu rywdro.

"Dwi ddim am fynd i mewn," meddai Klaus. "Dyma lle bu Wncwl Mald farw."

"Dw inne ddim *am* fynd i mewn chwaith," meddai Violet, "ond mae 'da ni waith i'w wneud."

"Gwaith?" holodd Klaus. "Pa waith?"

"Y gwaith y dylai Mr Poe fod yn ei wneud y munud 'ma," atebodd Violet. "Mae e'n llawn bwriadau da, fel arfer, ond dyw e ddim yn gweld ymhellach na'i drwyn." Ochneidiodd Klaus a Sunny mewn cytundeb. Roedd pob un o'r tri wedi meddwl hynny, ond doedd 'run ohonynt wedi'i ddweud yn uchel o'r blaen. "Dyw Mr Poe ddim yn credu mai Iarll Olaf yw Steffano, ond mae e *yn* credu mai damwain oedd marwolaeth Wncwl Mald. Rhaid inni ei brofi'n anghywir ar y ddau gownt."

"Ond doedd dim tatŵ gan Steffano, ac fe ddaeth Dr Lwcaffont o hyd i wenwyn Mamba'r Fall yng ngwythiennau Wncwl Mald."

"Dwi'n gwbod, dwi'n gwbod!" dywedodd Violet

yn ddiamynedd. "Ond mae'r tri ohonon ni'n gwbod y gwir, a nawr rhaid dod o hyd i dystiolaeth i brofi hynny."

"Tasen ni wedi dod o hyd i dystiolaeth yn erbyn Steffano ynghynt," meddai Klaus yn drist, "efallai y gallen ni fod wedi achub bywyd Wncwl Mald."

"Ddown ni byth i wybod i sicrwydd," barnodd Violet yn dawel, gan daflu cipolwg ar yr ystafell roedd Wncwl Mald wedi treulio oes gyfan yn ei chasglu ynghyd. "Ond os lwyddwn ni i roi Steffano yn y carchar am lofruddiaeth, fe fyddwn ni'n arbed pobl eraill rhag ei ddrygioni, o leiaf."

"Gan ein cynnwys ni," meddai Klaus yn ddoeth.

"Gan ein cynnwys ni," cytunodd Violet. "Nawr, Klaus, cer i chwilio am y llyfrau allai gynnwys gwybodaeth am Famba'r Fall. Gad imi wybod pan ddoi di o hyd i rywbeth."

"Mae'n cymryd dyddie i wneud ymchwil mor fanwl â hynny," meddai Klaus, gan edrych ar lyfrgell sylweddol Wncwl Mald.

"'Sgen ti ddim dyddie," barnodd Violet yn gadarn. "'Sgen ti ddim orie, hyd yn oed. Mae'r *Prospero* yn hwylio o'r Harbwr Tesog am bump o'r gloch, ac mae Steffano am wneud popeth yn ei allu i wneud yn siŵr ein bod ni ar ei bwrdd. A phan gyrhaeddwn ni Beriw gydag e …"

"O'r gore, rwy'n deall," meddai Klaus. "Bydd raid i ti helpu. Cymer di olwg ar y llyfr hwn …"

"Dwi ddim am edrych ar yr un llyfr," meddai Violet. "Tra byddi di fan hyn yn y llyfrgell, mi fydda i lan llofft yn ystafell Steffano yn chwilio am dystiolaeth."

"Ar dy ben dy hun?" meddai Klaus yn amheus.

"Mi fydda i'n gwbl ddiogel," atebodd Violet, er ei bod yn gwybod nad oedd hynny'n wir o gwbl. "Gwell iti fwrw iddi 'da'r llyfrau. Sunny, cadwa di lygad ar y drws a gofala gnoi unrhyw un sy'n ceisio dod i mewn."

"Shwn!" nodiodd hithau, gan olygu rhywbeth fel "Siŵr iawn", mwy na thebyg.

Aeth Violet o'r ystafell, ac eisteddodd Sunny ar y llawr ger y drws yn dangos ei dannedd. Gan osgoi'r llwybr oedd yn mynd heibio'r nadroedd gwenwynig, cerddodd Klaus i ganol y silffoedd llyfrau. Doedd e ddim hyd yn oed am edrych ar Famba'r Fall na'r un ymlusgiad angheuol arall. Er ei fod yn gwybod mai ar Steffano, ac nid ar y neidr, roedd y bai am farwolaeth Wncwl Mald, allai e ddim dioddef edrych ar ddim oedd yn gyfrifol am roi diwedd ar yr amserau da gawson nhw yno. Ochneidiodd, ac agor llyfr. Fel sawl tro o'r blaen, pan oedd bywyd yn anodd, ceisiodd anghofio'i amgylchiadau trwy ganolbwyntio ar ddarllen.

Wrth ysgrifennu, rhaid ichi weithiau ddefnyddio'r ystrydeb, "yn y cyfamser". Ystyr "ystrydeb" yma yw "bod yr hen ymadrodd blinedig wedi cael ei ddefnyddio laweroedd o weithiau cyn i'r hen Lemony Snicket ei ddefnyddio fan hyn". Fel arfer, mae'n cael ei ddefnyddio i fynd â'r darllenydd o un rhan o'r stori at ryw ran arall, sy'n digwydd ar yr un pryd ond mewn lleoliad gwahanol. Mae'n ymadrodd delfrydol i'w ddefnyddio yma, wrth inni adael Klaus a Sunny yn y llyfrgell am y tro.

Yn y cyfamser, aeth Violet draw at ddrws y gegin i weld a allai hi glywed rhywfaint o sgwrs yr oedolion. Byddwch yn gwybod, rwy'n siŵr, mai cyfrinach clustfeinio da yw peidio â chael eich dal. Dyna pam y camodd Violet yn hynod, hynod ofalus, gan osgoi'r mannau gwichlyd ar lawr y cyntedd. Wrth y drws ei hun, tynnodd y ruban o'i gwallt a'i ollwng ar y llawr. Petai rhywun yn ei dal yn ei chwrcwd wedyn, gallai esgus mai wedi plygu i godi'r ruban oedd hi, nid clustfeinio o gwbl. Fe ddysgodd hi'r tric hwn pan oedd hi'n fach ac am wybod pa gynlluniau oedd gan ei rhieni ar gyfer ei phen-blwydd. Gwrando ar eu sgwrs nhw trwy ddrws eu hystafell wely fyddai hi bryd hynny, ond roedd y tric yn gweithio lawn cystal wrth unrhyw ddrws.

Roedd Dr Lwcaffont ar ganol dweud rhywbeth. "Ond os daw Steffano 'da fi yn fy nghar i, Mr Poe, allwch chi ddim dilyn yn jîp Dr Maldwyn, achos dydych chi ddim yn gwybod y ffordd."

"Na, mae hynny'n wir," meddai Mr Poe. "Ond fydd Sunny ddim yn fodlon eistedd yng nghôl Dr Maldwyn ac yntau'n gorff marw, mae hynny'n ddigon siŵr. Nawr, gadewch inni feddwl…"

"Mi wn i!" dywedodd Steffano wedyn. "Fe wna i yrru'r plant yng nghar Dr Lwcaffont, a gall Dr

Lwcaffont ddilyn gyda chi a chorff Dr Maldwyn yn y jîp."

"Go dda," meddai Dr Lwcaffont, "ond thâl hynny ddim. Dyw'r gyfraith ddim yn caniatáu i unrhyw un ond fi yrru 'nghar i."

"A rhaid ystyried holl fagiau'r plant," ychwanegodd Mr Poe. "Soniwyd 'run gair am y rheini eto."

Cododd Violet o'i chwrcwd, sy'n golygu ei bod wedi sefyll i fyny'n syth. Fe wyddai nawr fod ganddi ddigon o amser i fynd i ymchwilio, a chan gymryd camau tawel, tawel aeth i fyny'r grisiau ac ar hyd y landin at ddrws ystafell Steffano. Pan gyrhaeddodd yno, gallai gofio fel roedd e wedi eistedd yno drwy'r nos gyda'i gyllell frawychus, a thybiai fod popeth oedd yn ymwneud ag Iarll Olaf yn frawychus. Pwniai ei chalon yn ei brest, a bron nad oedd hi'n dymuno i Steffano ruthro i fyny'r grisiau i'w hatal rhag gorfod mynd i mewn i'r ystafell lle cysgai. Ond yna cofiodd am y perygl oedd yn ei hwynebu hi, a Klaus a Sunny. Pan fydd person mewn sefyllfa lle nad yw'n teimlo'n ddiogel mwyach, bydd yn aml yn dod o hyd i ddewrder sy'n ei synnu, a theimlai Violet yn ddigon dewr i agor y drws. Er bod ei hysgwydd yn dal yn boenus ar ôl y ddamwain, trodd Violet y ddolen fawr bres a cherdded i mewn i'r ystafell.

Llanast llwyr oedd yn ei hwynebu, a doedd hi'n synnu dim. Doedd y gwely heb ei daenu ac roedd briwsion a blewiach drosto i gyd. Ar y llawr, gorweddai pentyrrau o hen bapurau newydd a chatalogau. Safai llwyth o boteli gwin hanner gwag ar y bwrdd gwisgo. Trwy ddrws agored y wardrob, gallai weld hen declynnau dal dillad – rhai o wifren rydlyd yn rhincial yn erbyn ei gilydd yn yr ystafell ddrafftiog. Dros y ffenestri, roedd y llenni wedi'u tynnu ynghyd yn anniben a'u gorchuddio mewn mannau gan ryw stwff gludiog, budr. Wrth iddi ddod yn nes, sylweddolodd Violet fod Steffano wedi defnyddio'r llenni i chwythu'i drwyn arnyn nhw.

Ond er mor wrthun oedd snot wedi caledu ar ddefnydd y llenni, nid dyna'r math o dystiolaeth roedd hi'n gobeithio'i gael. Safodd yr hynaf o'r amddifaid ar ganol llawr y stafell ac ystyried yr olygfa. Roedd hi'n hynod o anghynnes, ond doedd yma ddim o ddefnydd iddi. Rhwbiodd ei hysgwydd ddolurus, a chofio am y tro y cafodd hi a'i brawd a'i chwaer eu cloi yn yr oruwch ystafell yn nhŷ'r Iarll Olaf, pan oedden nhw'n byw gydag ef. Mae "goruwch ystafell" yma'n golygu "hen hofel fochaidd lle'r oedd drygioni'n cael ei gynllunio". Bu'r profiad yn un defnyddiol yn y diwedd, achos fe lwyddon nhw i ddarllen am y gyfraith ar briodas a gweithio ffordd o oresgyn eu problemau. Ond yn yr "oruwch ystafell" hon yn nhŷ Wncwl Mald, yr unig brawf oedd ganddi oedd prawf o fryntni Steffano. Yn rhywle, roedd yna dystiolaeth allai brofi i Mr Poe mai Iarll Olaf oedd e mewn gwirionedd, ond ymhle? A hithau wedi digalonni – a chan ofni ei bod wedi aros yno'n rhy hir – aeth Violet allan o'r ystafell ac i lawr y grisiau.

"Na, na, na," meddai Mr Poe, oedd yn dal i siarad. "All Dr Maldwyn ddim gyrru. Mae e wedi marw. Rhaid bod 'na ffordd arall o wneud hyn."

"Rwy wedi dweud a dweud nes 'mod i'n biws las," clywodd lais Steffano wedyn, a gwyddai Violet fod hwnnw'n mynd yn fwy crac bob eiliad. "Y ffordd hawsa yw i mi fynd â'r plant i'r dref, ac i chithau ddilyn gyda Dr Lwcaffont a'r corff. Fu dim yn haws erioed."

"Efallai mai chi sy'n iawn," ochneidiodd Mr Poe, a gyda hynny symudodd Violet o ddrws y gegin yn ôl i Ystafell yr Ymlusgiaid.

"Klaus, Klaus!" meddai. "Ddoist ti o hyd i rywbeth? Fe es i i ystafell Steffano ond welais i ddim byd allai fod o help. Rwy'n ofni ei fod ar fin ennill y dydd a'n cael ni ar ein pennau'n hunain yn y car."

Gwenu wnaeth Klaus, cyn dechrau darllen o lyfr a ddaliai yn ei law. "Un o nadredd mwyaf angheuol yr hemisffir yw Mamba'r Fall," darllenodd. "Mae'n nodedig am ei gafael mileinig a di-ildio wrth dagu ei hysglyfaeth. Cyplysir y gallu hwn â'i gwenwyn marwol i greu golygfa hynod ysgeler, gan ei bod yn gadael lliw fel y fagddu ar bawb a leddir ganddi."

"Gafael mileinig? Golygfa hynod ysgeler? Lliw fel y fagddu?" ailadroddodd Violet. "Am be yn y byd wyt ti'n sôn?"

"Am Mamba'r Fall," atebodd Klaus. "Ond paid â phoeni, bu'n rhaid i minnau chwilio am ystyr ambell air. Mae'n gafael yn fileinig, sy'n golygu ei bod yn dal

130

yn ffyrnig o dynn. Pan fydd hi wedi lladd person, mae'r olygfa'n ysgeler, sy'n golygu bod y corff yn edrych yn arswydus a brawychus. Yn olaf, ar ôl tagu a gwenwyno'r truan ar yr un pryd, bydd corff pawb sy'n cael ei ladd ganddi'n troi'n gleisiau du drosto i gyd."

"Paid, wir! Dim mwy!" rhuodd Violet gan orchuddio'i chlustiau. "Un o'r rheina oedd yn gyfrifol am ladd Wncwl Mald."

"Nage," meddai Klaus yn dyner. "Dyna'r pwynt. *Nid* un o'r rheina oedd yn gyfrifol am ladd Wncwl Mald."

"Ond fe ddywedodd Dr Lwcaffont fod gwenwyn Mamba'r Fall yng ngwythiennau Wncwl Mald."

"Dwi'n amau dim," meddai Klaus. "Ond nid y neidr fu'n gyfrifol am ei roi yno. Petai'r neidr ei hun wedi lladd Wncwl Mald, byddai'n gleisiau tywyll trosto. Ond rwyt ti a fi'n cofio nad oedd corff Wncwl Mald yn ddu fel y fagddu o gwbl. Lliw gwelw oedd arno."

Dechreuodd Violet siarad, ond yna tawodd wrth gofio'r lliw gwelw, gwelw oedd ar wyneb Wncwl

Mald. "Ti'n iawn," ildiodd. "Ond os felly, sut gafodd e 'i wenwyno?"

"Wyt ti'n cofio i Wncwl Mald sôn ei fod e'n cadw gwenwyn nadroedd mewn tiwbiau arbrofi, er mwyn gallu eu hastudio?" meddai Klaus. "Steffano sydd wedi chwistrellu peth o hwnnw i mewn iddo."

"Wyt ti o ddifri?" gofynnodd Violet mewn braw. "Mae hynna'n ffiaidd."

"Ffip!" gwichiodd Sunny. Roedd hi'n cytuno.

"Pan ddywedwn ni hyn wrth Mr Poe," meddai Klaus yn hyderus, "fe gaiff Steffano ei arestio am lofruddiaeth a'i hel i'r carchar. Dyna ddiwedd ar wneud inni gario'i fag, ein cipio i Beriw, ein bygwth â chyllell, a'r holl bethau mileinig eraill mae e wedi'u gwneud inni."

"Y cês!" meddai Violet, ei llygaid yn pefrio wrth edrych ar ei brawd. "Ble mae'r cês 'na?"

"Am be wyt ti'n sôn?" gofynnodd Klaus, ar goll braidd. Roedd Violet ar fin egluro iddo pan glywsant gnoc ar y drws.

"Dewch i mewn," galwodd Violet, a chan weld mai Mr Poe oedd yno, nododd ar Sunny i beidio'i gnoi.

"Gobeithio'ch bod chi wedi cael amser i ymdawelu," dywedodd Mr Poe, gan edrych ar y plant yn eu tro. "'Dych chi ddim dan y dybiaeth mai Iarll Olaf yw Steffano, rwy'n siŵr." Mae bod "dan y dybiaeth" yn golygu "credu bod rhywbeth yn wir". Wrth gwrs, roedd y Baudelairiaid yn iawn i fod "dan y dybiaeth" mai Iarll Olaf oedd Steffano, ond tybiai Klaus y byddai'n ddoethach iddo beidio â dilyn y trywydd hwnnw nawr.

"Pwy bynnag yw e," atebodd yn bwyllog, "ry'n ni'n credu'n gryf mai fe laddodd Wncwl Mald."

"Twt lol!" ochneidiodd Mr Poe wrth i Violet ysgwyd ei phen ar ei brawd. "Damwain ofnadwy oedd marwolaeth Wncwl Mald, a dim mwy na hynny."

Cododd Klaus y llyfr yn ei law. "Tra buoch chi'n siarad yn y gegin, fe fues i'n darllen am nadroedd, ac rwy wedi darganfod …"

"Darllen am nadroedd, wir!" meddai Mr Poe. "Ar ôl popeth sy wedi digwydd, 'swn i'n meddwl y byddai'n well 'da chi ddarllen am unrhyw beth arall heblaw nadroedd."

"Ond dwi wedi darganfod rhywbeth," mynnodd

Klaus. "Rhywbeth diddorol …"

"Dim ots beth wyt ti wedi'i ddarganfod …" dechreuodd Mr Poe. Ond yna, tynnodd hances o'i boced ac arhosodd y plant yn llonydd tan iddo orffen pesychu. "Dim ots!" meddai eto. "Dyw Steffano'n gwybod dim oll am nadroedd. Fe ddywedodd e hynny wrthon ni ei hunan."

"Ond …" ailddechreuodd Klaus, ond yna tawodd wrth edrych ar Violet. Roedd hi'n ysgwyd ei phen eto, rhyw fymryn. Roedd hynny'n ddigon o arwydd i Klaus ddeall nad oedd hi am iddo ddweud rhagor wrth Mr Poe. Trodd i edrych at Mr Poe, ond ddywedodd e 'run gair arall.

Pesychodd y dyn drachefn, ac yna edrychodd ar ei oriawr. "Nawr fod hynny wedi'i setlo, mae angen trafod mater y ceir. Mi wn i fod y tri ohonoch yn awyddus i weld y tu mewn i gar meddyg, ond ar ôl trafod y mater yn drwyadl, daeth yn amlwg na fydd hynny'n bosibl. Gallwch chi fynd i'r dref 'da Steffano, tra bydda i'n cael lifft 'da Dr Lwcaffont. Wrthi'n dadlwytho'r bagiau i gyd mae Steffano a Dr Lwcaffont nawr. Fe fyddwn ni ar y ffordd toc. Nawr, rhaid ichi'n esgusodi i. Rwy'n mynd i ffonio'r Gymdeithas Herpetoleg i dorri'r newyddion trist iddyn nhw." Pesychodd unwaith eto, cyn rhoi'r hances heibio a gadael yr ystafell.

"Pam dwyt ti ddim am inni sôn wrth Mr Poe sut mae Mamba'r Fall yn lladd ei phrae?" gofynnodd Klaus i Violet ar ôl i Mr Poe adael. Chafodd e'r un ateb gan ei chwaer. Roedd hi'n edrych drwy'r wal wydr ar Dr Lwcaffont a Steffano'n cerdded heibio'r perthi nadreddog at jîp Wncwl Mald. Agorwyd drws y cerbyd gan Steffano a dechreuodd Dr Lwcaffont gario'r cesys gan afael ynddynt â'i ddwylo rhyfedd. "Glywest ti fi? Pam doeddet ti ddim am imi ddweud gair?"

"Pan ddaw'r oedolion i'n nôl ni," meddai Violet, gan anwybyddu ei gwestiwn, "cadwa nhw yn Ystafell yr Ymlusgiaid tan y dof i'n ôl."

"Shwt?" gofynnodd Klaus.

"Gwna rywbeth i dynnu eu sylw," atebodd Violet yn ddiamynedd, gan ddal i edrych i gyfeiriad y lawnt a'r pentwr o fagiau roedd Dr Lwcaffont yn ei greu.

"Fel beth?" holodd Klaus wedyn.

"Mawredd dad!" atebodd ei chwaer fawr. "Ti yw'r un sy wedi darllen cannoedd o lyfrau. Siawns nad oedd sôn yn un ohonyn nhw sut i dynnu sylw pobl mewn rhyw ffordd neu'i gilydd."

Ystyriodd Klaus am ennyd. "Er mwyn ennill eu rhyfel yn erbyn Caer Droea, fe guddiodd y Groegwyr eu milwyr mewn ceffyl pren anferth. Y bwriad oedd tynnu sylw pobl Caer Droea oddi wrth y rhyfela a'u dal nhw'n ddiarwybod. Ond does dim amser nawr i adeiladu ceffyl mawr pren," meddai.

"Gwell iti feddwl am rhyw dric arall 'te," barnodd Violet gan ddechrau cerdded tua'r drws, er bod ei llygaid yn dal i edrych i gyfeiriad y ffenestr. Ar ôl edrych ar eu chwaer, trodd Klaus a Sunny hefyd i edrych ar yr olygfa oedd i'w gweld drwy'r ffenestr. Mae'n rhyfeddol mor wahanol yw'r meddyliau sy'n taro ym mhennau gwahanol bobl, er eu bod nhw'n edrych ar yr un peth. I'r ddau Baudelaire ieuengaf, y cyfan roedden nhw'n meddwl amdano wrth weld y pentwr bagiau oedd yr ofn y gallen nhw fod yn jîp Wncwl Mald, ar eu pennau eu hunain gyda Steffano, cyn pen fawr o dro. Ond o'r ffordd y cerddai Violet allan o Ystafell yr Ymlusgiaid, roedd yn gwbl amlwg bod ei phen hi'n llawn o feddyliau gwahanol iawn.

Wyddai Klaus a Sunny ddim beth oedd yn mynd drwy ben eu chwaer fawr, ond fe wydden nhw ei bod hi ar drywydd hollol wahanol. Efallai mai'r cês brown yn dal ei dillad hi ei hun oedd wedi mynd â'i bryd, neu efallai'r un gwinau oedd yn llawn stwff Klaus, neu un bach llwyd Sunny, neu'r un mawr du gyda'r clo arian arno – y cês oedd yn perthyn i Steffano.

PENNOD
Deg

Glywsoch chi erioed y stori am 'Y Bachgen a Waeddodd "Blaidd"'? Hen stori ddiflas a di-ddim yw hi, ond am ryw reswm mae oedolion yn hoffi ei hadrodd wrth blant bach. Yn y stori, fel y cofiwch, efallai, roedd bachgen hynod o dwp yn hoffi galw "Blaidd!" drwy'r amser, pan nad oedd blaidd o gwmpas o gwbl. Byddai'r pentrefwyr i gyd yn rhedeg i'w achub bob tro, gan sylweddoli'n fuan iawn mai jôc oedd y cyfan. Yna, fe waeddodd y bachgen "Blaidd!" pan oedd yno flaidd go iawn, ond roedd y pentrefwyr wedi hen 'laru ar gael eu twyllo erbyn hynny, ac aeth neb i'w helpu.

Cafodd

y bachgen ei fwyta gan y blaidd a dyna ddiwedd y stori, diolch byth.

Moeswers go iawn y stori, yn fy marn i, yw "peidiwch â symud i fyw i bentref lle mae bleiddiaid yn rhedeg yn wyllt". Does gan bob stori ddim moeswers, o bell ffordd, ond bydd pobl yn aml yn hoffi meddwl bod rhyw wers neu "ddoethineb" neu ryw "egwyddor dda am sut i fyw eich bywyd" yn perthyn i rai storïau. Dyna ystyr "moeswers", ac ar ôl ichi glywed y stori hon gyntaf, y foeswers gafodd ei dysgu ichi, mae'n siŵr, oedd i beidio â dweud celwyddau.

Dwli noeth yw moeswers o'r fath. Rydych chi a minnau'n gwybod bod dweud celwydd yn angenrheidiol weithiau. Ac ambell dro, dyna'r peth iawn i'w wneud. Er enghraifft, roedd Sunny'n gwneud y peth iawn pan aeth draw at gawell y Wiber Farwol ar y Naw, datgloi'r drws a sgrechian nerth ei phen, fel petai hi mewn perygl mawr – er nad oedd hynny'n wir, wrth gwrs.

Stori adnabyddus arall am flaidd yw 'Yr Hugan Fach Goch'. Stori am ferch fach annymunol iawn yw honno. Fel y crwt yn 'Y Bachgen a Waeddodd "Blaidd"', roedd hithau'n mynnu ymyrryd ym mywyd anifail peryglus. Efallai eich bod yn cofio bod y blaidd wedi bwyta mam-gu'r ferch fach, ar ôl i honno fod yn hynod anghwrtais tuag ato. Cymerodd y blaidd arno mai ef oedd yr hen wraig, gan wisgo'i dillad. Dyma'r rhan fwyaf gwirion o'r stori. Siawns nad oedd twpsen fel yr Hugan Fach Goch, hyd yn oed, yn gallu dweud y gwahaniaeth rhwng ei mam-gu a blaidd mewn gŵn nos a sliperi gwlanog. Os ydych chi'n nabod rhywun yn dda iawn – rhywun sy'n agos atoch chi, fel eich nain neu eich chwaer fach – fe fyddwch chi'n gwybod yn syth pryd maen nhw o ddifri a phryd maen nhw'n cogio. Dyna pam, pan ddechreuodd Sunny sgrechian, fod Klaus a Violet yn gwybod yn syth mai sgrechian ffug oedd e.

"Sgrech gwbl ffals yw honna," meddai Klaus wrtho'i hun ym mhen arall Ystafell yr Ymlusgiaid.

"Sgrech gwbl ffug yw honna!" meddai Violet wrthi'i hun ar y grisiau, ar y ffordd i'w hystafell.

"Mawredd dad! Mae rhywbeth mawr o'i le!"

meddai Mr Poe wrtho'i hun yn y gegin, ac yntau ar y ffôn. "Da bo chi," dywedodd i lawr y lein, gan roi'r derbynnydd i lawr a rhedeg i weld beth oedd yn bod.

"Be sy'n bod?" gofynnodd i Steffano a Dr Lwcaffont, oedd yn dod i mewn ar ôl dadlwytho'r bagiau. "Mi glywais nhw sgrechian yn dod o Ystafell yr Ymlusgiaid."

"Dim byd i boeni yn ei gylch, rwy'n siŵr," meddai Steffano.

"Chi'n gwbod shwt rai yw plant," meddai Dr Lwcaffont.

"Fiw inni gael trasiedi arall ar ein dwylo," meddai Mr Poe, gan ruthro at ddrws anferth Ystafell yr Ymlusgiaid. "Blant! Blant!" gwaeddodd.

"Fan hyn!" bloeddiodd Klaus. "Dewch glou!" Roedd ei lais yn grynedig ac yn gras, a byddai unrhyw un nad oedd yn 'nabod Klaus yn dda yn siŵr o feddwl ei fod wedi dychryn yn arw. Ond gwyddai pawb oedd wir *yn* 'nabod Klaus yn dda mai mynd yn wichlyd a thoredig wnâi ei lais pan fyddai wedi cael braw go iawn. Arwydd ei fod yn gwneud ei orau glas i beidio â chwerthin oedd i'w lais droi'n grynedig a chras. A thrwy lwc, fe lwyddodd i beidio â chwerthin pan ddaeth Mr Poe, Steffano a Dr Lwcaffont i mewn i Ystafell yr Ymlusgiaid; a da hynny, neu fe fyddai wedi difetha popeth.

Gorweddai Sunny ar wastad ei chefn ar y llawr marmor, ei choesau a'i breichiau bach yn chwifio'n wyllt, fel petai hi'n nofio. Roedd yr olwg ryfeddaf ar ei hwyneb. Dyna pam fod Klaus yn ceisio peidio chwerthin. Roedd ei cheg yn llydan agored, gan ddangos ei phedwar dant miniog, a'i llygaid yn agor a chau'n gyflym fel peth gwyllt. Esgus edrych fel petai hi'n bryderus iawn oedd hi, a byddai unrhyw un nad oedd yn ei 'nabod yn dda yn credu'n siŵr bod arni ofn dychrynllyd. Ond, wrth gwrs, roedd Klaus yn 'nabod Sunny'n dda iawn a gwyddai mai mynd yn dawel a chrychu'i hwyneb fyddai ei chwaer ar adeg felly. Dyna wnaeth hi pan oedd Steffano'n bygwth torri un o fysedd ei thraed i ffwrdd. Ond nawr, yr hyn a wnâi i Sunny edrych yn wirioneddol fel petai ofn arni oedd y neidr fawr oedd wedi clymu'i hun o amgylch ei chorff. Neidr cyn ddued â phwll glo ac mor drwchus â'r biben sy'n cario carthion o'r tŷ bach. Edrychai'r creadur ar Sunny â llygaid gwyrdd, sgleiniog, ac roedd ei cheg ar agor – fel petai ar fin cnoi'r ferch.

"Mae'r Wiber Farwol ar y Naw ar fin cnoi Sunny!" llefodd Klaus, ac agorodd Sunny ei cheg yn lletach fyth, gan edrych yn fwy brawychus nag erioed. Agor ei geg wnaeth Dr Lwcaffont hefyd, ac er i Klaus dybio ei fod ar fin siarad, roedd yn amlwg na allai yngan gair o'i ben. Doedd Steffano'n poeni 'run iot am ddiogelwch Sunny, wrth gwrs, ond roedd hyd yn oed hwnnw'n edrych ar yr olygfa mewn rhyfeddod. O'r tri oedolyn, fodd bynnag, Mr Poe oedd yr un a aeth i banig llwyr.

Mae yna ddau fath sylfaenol o banig: sefyll yn stond heb allu yngan gair, a neidio o gwmpas y lle'n parablu'r dwli cynta ddaw i'ch meddwl chi. Un o'r rhai sy'n neidio o gwmpas a siarad dwli oedd Mr Poe. Doedd Klaus a Sunny erioed wedi ei weld yn ymddwyn mor ddryslyd. "O bobol bach!" parablodd mewn llais gwichlyd. "Arswyd y byd! Yr Arglwydd mawr! Yr Ala Bendigaid! Zews a Hera! Mair a Joseff! Yr Obedeia Mawr Ei Hun! Neb i gyffwrdd ynddi! Cydiwch ynddi! Lladdwch y neidr! Dere 'mlaen, neidr fach! Dere 'ma! Oes 'na ddarn o gaws yn rhywle?"

Gwrandawodd y Wiber Farwol ar y Naw yn amyneddgar ar druth diddiwedd Mr Poe. Daliodd i syllu ar Sunny, a phan oedodd Mr Poe i besychu yn ei hances, plygodd ei phen ymlaen i gnoi Sunny ar ei gên, yn union lle'r oedd hi wedi ei chnoi y tro cyntaf i'r ddwy gwrdd. Gorfododd Klaus ei hun i beidio gwenu, tynnodd Dr Lwcaffont anadl ddofn, rhythodd Steffano, a dechreuodd Mr Poe neidio a pharablu'n wyllt eto.

"Cnoi!" gwichiodd. "Mae'r ferch wedi cael ei chnoi! Ymdawela nawr! Dyna ddigon! Siapwch hi, bawb! Ambiwlans! Heddlu! Ble mae'r gwyddonydd agosaf? Ble mae 'ngwraig? Mae hyn yn fileinig! Mae hyn yn ysgeler! Mae hyn yn ..."

"Mae hyn yn gwbl ddiniwed," torrodd Steffano ar ei draws yn dawel.

"Diniwed?" Tagodd Mr Poe ar y gair. "Sunny'n cael ei chnoi gan neidr! Diniwed, wir!"

"Y Wiber Farwol ar y Naw," meddai Klaus i

bwysleisio pa mor ddifrifol oedd y sefyllfa.

"Mae'r enw'n dweud y cwbl," mynnodd Mr Poe, gan bwyntio at y neidr wrth iddi ddal ei gafael ar ên Sunny â'i dannedd. "Shwt all y Wiber Farwol ar y Naw fod yn ddiniwed?"

"Ond y *mae* hi," meddai Steffano. "Pwyllwch wir, Poe. Camenwodd Dr Maldwyn hi'n fwriadol, fel jôc."

"Ydych chi'n berffaith siŵr?" gofynnodd Mr Poe. Daeth ei lais arferol yn ôl, a dechreuodd symud yn arafach, er mwyn pwyllo.

"Wrth gwrs 'mod i'n siŵr," meddai Steffano, ac ar yr eiliad honno sylwodd Klaus ar yr edrychiad ar ei wyneb – roedd wedi gweld edrychiad tebyg ar wyneb Iarll Olaf. Golwg o falchder pur, fel petai e'n ei ystyried ei hun y person mwyaf clyfar a fu byw erioed. Roedd yr amddifaid Baudelaire wedi gweld digon ar yr olwg honno pan oedden nhw gydag ef. Byddai Iarll Olaf wastad wrth ei fodd yn dangos ei hun, ac yn cael aelodau'r cwmni theatr erchyll oedd ganddo i siarad yn fostfawr am ei sgiliau. Gwenodd yn holl wybodus ar Mr Poe ac aeth yn ei flaen: "Neidr gwbl ddiniwed

146

yw hon – cyfeillgar, hyd yn oed. Rwy wedi darllen popeth sydd i'w wybod am y Wiber Farwol ar y Naw."

Cliriodd Dr Lwcaffont ei lwnc i ddechrau siarad. "Y, bòs –"

"Peidiwch â thorri ar fy nhraws, Dr Lwcaffont," meddai Steffano. "Mae'r llyfrgell hon yn drysorfa. Rwyf wedi pori'n helaeth ym mhapurau personol Dr Maldwyn. Astudiais bob un o'r prif rywogaethau. Edrychais yn graff ar y lluniau a'r mapiau. Rwy'n dipyn o arbenigwr ar nadroedd."

"Aha!" meddai Sunny, gan frwydro'i ffordd yn rhydd o afael chwareus y Wiber Farwol ar y Naw.

"Sunny, chest ti ddim niwed?" meddai Mr Poe.

"Aha!" meddai Sunny eto, gan bwyntio at Steffano. Amrantiodd llygaid gwyrdd y Wiber Farwol ar y Naw yn fuddugoliaethus.

Edrychodd Mr Poe ar Klaus mewn dryswch. "Beth ddiawch yw ystyr yr 'Aha!' 'ma?" gofynnodd.

Ochneidiodd Klaus. Treuliai hanner ei fywyd yn egluro pethau i Mr Poe. "Mae 'Aha!'," meddai, "yn golygu, 'Un funud, mae Steffano'n honni nad yw'n gwybod dim am nadroedd, a'r funud nesaf mae'n dweud ei fod yn arbenigwr arnyn nhw!' Mewn geiriau eraill, mae 'Aha!' yn golygu 'Mae Steffano'n dweud celwydd'. Mae 'Aha!' yn golygu 'Edrychwch cymaint o gelwyddgi yw e'. Mae 'Aha' yn golygu *'Aha!'*."

PENNOD

Un ar Ddeg

Yn y cyfamser, roedd Violet i fyny'r grisiau yn edrych o gwmpas ei hystafell wely gyda llygaid barcud. Tynnodd anadl ddofn a defnyddio ruban i gadw'i gwallt o'i llygaid. Byddwch chi a fi, a phawb sy'n gyfarwydd â hi, yn gwybod ei bod yn gwneud hyn am ei bod hi'n brysur yn dyfeisio rhywbeth newydd. A'r foment hon, doedd ganddi ddim eiliad i'w cholli.

Pan soniodd Klaus fod Steffano wedi'u gorfodi nhw i gario'i gês i mewn i'r tŷ, sylweddolodd Violet mai yn hwnnw roedd yr ateb. Doedd dim amheuaeth mai yn y cês roedd y dystiolaeth. A nawr, tra bod ei brawd a'i chwaer i lawr yn Ystafell yr Ymlusgiaid yn tynnu sylw'r lleill, dyma'i hunig gyfle i agor y cês hwnnw a dod o hyd i'r prawf roedd ei angen arni o ddrygioni Steffano. Ond roedd ei hysgwydd ddolurus yn ei hatgoffa nad oedd modd iddi ei agor. Roedd clo ar y cês – un mor sgleiniog â llygaid ystrywgar Steffano ei hun.

Rhaid cyfaddef, petawn i yno, yn hytrach na bod fan hyn ar gwch hwylio fy ffrind, Bela, yn ysgrifennu hyn i gyd ar bâpur, y byddwn wedi rhoi'r ffidl yn y to. Fyddwn i ddim wedi gwneud dim byd i'r un ffidl na'r un to go iawn, wrth gwrs. Ymadrodd yn golygu "rhoi'r gorau i wneud rhywbeth anodd" yw "rhoi'r ffidl yn y to". Ond, trwy lwc, doedd Violet ddim yn un i roi'r ffidl yn y to mor hawdd â hynny.

Edrychodd yn ddyfal o gwmpas yr ystafell am unrhyw beth a allai helpu'r achos. Doedd fawr ddim yn cynnig ei hun. Roedd Violet yn dyheu am ystafell bwrpasol ar gyfer dyfeisio pethau, yn llawn gwifrau a gêrs a'r holl geriach a fyddai'n ddefnyddiol iddi. Teimlai'n rhwystredig iawn wrth gofio bod gan Wncwl Mald lawer o'r pethau hyn, ond roedden nhw i gyd yn Ystafell yr Ymlusgiaid. Edrychodd ar y papur roedd hi wedi'i osod ar hyd y muriau, yn llawn

gobaith ar y pryd y câi hi amser i ddyfeisio llu o
bethau wrth fyw gydag Wncwl Mald; ond roedd
popeth wedi mynd o chwith mor gyflym, doedd dim
ond ambell fân ddiagram i'w weld. Roedd hi wedi
sgriblo'r rheini ar ei noson gyntaf yno, wrth olau'r
lamp a safai ar y llawr. Aeth ei llygaid at y lamp honno
gan ddilyn y fflecs drydan i'w phen draw, sef y soced
drydan yn y wal. Ac yna, cafodd syniad ...

Mae pob un ohonom yn gwybod, wrth gwrs, na
ddylen ni byth, byth, byth, byth, byth, byth, byth,
byth, byth, byth, byth, byth, byth, byth, byth, byth,
byth, byth, byth, byth, byth, byth, byth, byth, byth,
byth, *byth*, ymyrryd mewn unrhyw fodd gydag offer
trydanol. *Byth*. Mae 'na ddau reswm da dros hyn. Yn
y lle cyntaf, fe allech gael eich trydaneiddio, sydd nid
yn unig yn farwol ond hefyd yn annymunol tu hwnt.
Yn ail, nid Violet Baudelaire ydych chi na fi. Hi yw
un o'r ychydig bobl yn y byd sy'n gwybod sut i drin
offer o'r fath. Ac roedd *hi* hyd yn oed yn nerfus ac yn
hynod, hynod ofalus wrth dynnu'r lamp o'r soced a
datgymalu'r plwg er mwyn cael golwg fanwl arno. Fe
allai hyn weithio.

Gan ddal i obeithio bod Klaus a Sunny'n cadw'r lleill yn brysur, tynnodd Violet y ddau fys metel allan o'r plwg, trwy eu symud yn ôl a 'mlaen nes iddyn nhw ddod yn rhydd. Nawr, roedd ganddi ddau stribyn metel bychan yn ei llaw. Yna, tynnodd un o'r pinnau bawd a ddefnyddiodd i osod y darnau papur ar y waliau, gan adael cornel un darn i gwrlo'n ôl yn ddioglyd i lawr y wal. Gyda phen miniog y pìn bawd, gweithiodd dwll yn y ddau stribyn metel fel y gallai fachu un ohonynt o gwmpas y llall. Yna, gwthiodd y pìn bawd rhwng y ddau ddarn, fel bod pen miniog yn gwthio i'r golwg. Petaech chi'n gweld yr hyn a greodd Violet yn gorwedd ar y llawr, mi fyddech yn meddwl mai jest ryw hen ddarn o fetel oedd e, ond yr hyn roedd hi wedi'i greu, mewn gwirionedd, oedd dyfais amrwd – sydd yma'n golygu "syml", nid "heb gael ei goginio", fel moron amrwd Sunny – i agor clo. Nid allweddi go iawn yw dyfeisiadau o'r fath, ond mae modd eu defnyddio nhw i agor cloeon. Bydd lladron weithiau'n defnyddio dyfeisiadau tebyg, ond yn yr achos hwn, roedd rheswm da dros ddefnyddio un. Roedd Violet Baudelaire am achub bywydau ei brawd, ei chwaer a hi ei hun.

Cerddodd yn ôl i lawr y grisiau, gan groesi bysedd un llaw a dal y ddyfais amrwd yn y llall. Aeth heibio i ddrws Ystafell yr Ymlusgiaid ar flaenau'i thraed ac anelu am ddrws y ffrynt. Cerddodd at y pentwr cesys, gan beidio ag edrych i gyfeiriad car Dr Lwcaffont; doedd hi ddim am gael cip ar gorff marw Wncwl Mald.

Cerddodd tuag at y pentwr cesys. Pan welodd fagiau'r Baudelairiaid, cofiodd mai llwyth o hen ddillad crafog oedd ynddyn nhw – dillad roedd Mrs Poe wedi'u prynu ar eu cyfer yn fuan wedi iddyn nhw golli'u rhieni. Am eiliad neu ddwy, safodd Violet yn ei hunfan yn rhythu ar y bagiau gan gofio'r amserau braf cyn marw eu rhieni. Mor hawdd oedd popeth bryd hynny, ac mor sydyn y newidiodd eu bywydau i fod yn rhai llawn diflastod ac anffawd. Efallai nad yw'r diflastod hwn yn sioc i ni, achos rydyn ni'n gwybod bywyd mor drychinebus sy'n wynebu'r Baudelairiaid, ond roedd pob anffawd newydd yn syrpréis i Violet. Cymerodd foment i hel y meddyliau drwg hyn o'i meddwl fel y gallai ganolbwyntio ar yr hyn roedd yn rhaid iddi ei wneud.

Plygodd i gael golwg agosach ar gês Steffano, a chan ddal y clo arian mewn un llaw, tynnodd anadl ddofn a gwthio'r ddyfais i dwll y clo. Fe aeth i mewn, ond er iddi ei throi sawl gwaith, doedd dim yn tycio. Llwyddodd i grafu mymryn ar ochr y clo, a dyna i gyd. Byddai'n rhaid i'r ddyfais droi'n fwy llyfn yn y clo neu doedd dim gobaith. Tynnodd Violet hi allan a'i gwlychu â'i thafod. "Ych a fi!" meddai wrthi'i hun wrth flasu'r metel yn ei cheg. Yna rhoddodd gynnig arall arni. Siglodd y clo ryw fymryn, ond yna … dim.

Tynnodd Violet y ddyfais o'r clo unwaith eto a meddwl yn galed, galed, galed. Wrth iddi ailglymu'i gwallt â'r ruban, teimlodd bigiad sydyn ar ei chroen. Hen bigiad siarp a chyfarwydd; y math o bigiad gewch chi wrth sylweddoli bod rhywun yn eich gwylio. Trodd yn sydyn, ond y cyfan a welai oedd y llwyni siâp seirff ar y lawnt. Edrychodd i'r ochr a gweld dim ond y dreif yn arwain draw at Lôn Chwain. Ond yna, edrychodd yn syth o'i blaen, trwy furiau gwydr Ystafell yr Ymlusgiaid.

Doedd hi heb ystyried o gwbl y gallai pobl edrych

i mewn i Ystafell yr Ymlusgiaid yn ogystal ag edrych allan ohoni. Ynghanol cewyll yr ymlusgiaid, gallai Violet weld Mr Poe'n llamu'n gyffrous ar hyd y lle. Fe wyddoch chi a fi, wrth gwrs, fod Mr Poe wedi mynd i banig dros yr helynt greodd Sunny gyda'r Wiber Farwol ar y Naw, ond y cyfan wyddai Violet oedd fod pa dric bynnag ddefnyddiodd Klaus a Sunny i dynnu sylw'r oedolion wedi gweithio. Doedd hyn i gyd ddim yn ddigon i egluro'r hen bigiad oer deimlodd hi ar ei gwar, fodd bynnag, tan i'w llygaid symud ychydig i'r dde o Mr Poe. A dyna lle'r oedd Steffano'n edrych yn syth 'nôl ati.

Agorodd ei cheg mewn panig. Gwyddai y byddai Steffano'n gwneud esgus i adael Ystafell yr Ymlusgiaid unrhyw eiliad er mwyn dod i chwilio amdani. Roedd yn rhaid iddi ddod o hyd i ffordd i gael y ddyfais i weithio ar frys gwyllt. Edrychodd ar y cerrig mân llaith dan draed ar y dreif, ac yna ar haul gwan y prynhawn yn tywynnu'n felyn yn yr awyr uwchben. Edrychodd ar ei dwylo ei hun, yn llwyd gan y llwch ddaeth oddi ar y plwg yn y wal. Ac yna, cafodd syniad.

Neidiodd ar ei thraed a rhedeg 'nôl i'r tŷ fel petai Steffano eisoes ar ei hôl. Gwthiodd ddrws y gegin ar agor a baglu yn erbyn cadair yn ei brys. Estynnodd am ddarn o sebon o ochr y sinc, a'i rwbio dros ei dyfais yn ofalus nes ei bod wedi'i gorchuddio â'r stwff gludiog. Gyda'i chalon yn pwmpio'n galed yn ei brest, rhedodd allan drachefn, gan daro cipolwg sydyn drwy wal wydr Ystafell yr Ymlusgiaid wrth wibio heibio. Roedd Steffano wrthi'n dweud rhywbeth wrth Mr Poe – dyma pryd roedd e'n honni bod yn arbenigwr ar nadroedd, ond doedd Violet ddim i wybod hynny. Penliniodd Violet wrth y cêsys, a gwthio'r ddyfais i dwll clo cês Steffano unwaith eto. Trodd y ddyfais yn gyflym yn y twll, ond yna torrodd yn ddau ddarn yn ei llaw. Clywodd dincial ysgafn wrth i un hanner gwympo ar gerrig mân y dreif. Roedd yr hanner arall yn sownd yn y twll, fel dant drwg. Roedd ei dyfais wedi'i dinistrio'n llwyr.

Caeodd Violet ei llygaid mewn anobaith am ennyd. Yna, ceisiodd godi ar ei thraed eto trwy bwyso ar y cês. Wrth iddi roi ei llaw arno i gadw'i chydbwysedd, chwalodd y clo ar agor, syrthiodd y cês ar ei ochr a llifodd y cynnwys allan ar hyd y llawr. Syrthiodd Violet yn ôl, wedi'i syfrdanu. Rhaid bod ei dyfais wedi gweithio wedi'r cwbl. Weithiau, mae hyd yn oed y rhai sy'n cael y bywydau mwyaf anffodus yn cael lwc dda. Ac roedd lwc dda o blaid Violet eto pan ddechreuodd archwilio cynnwys y cês.

Ei gofid mwyaf oedd na wyddai hi'n iawn am beth roedd hi'n chwilio. Mae'n anodd iawn chwilio am dystiolaeth heb wybod pa dystiolaeth yn union rydych chi'n chwilio amdani. Ond trwy lwc, gwelodd Violet ar unwaith lawer o eitemau oedd yn debygol o fod yn ddefnyddiol iddi. Roedd yno ffiol wydr ac iddi gaead rwber caeëdig, fel y rhai gewch chi mewn labordy; chwistrellydd gyda nodwydd finiog, tebyg i'r rhai y bydd meddygon yn eu defnyddio weithiau i wneud inni deimlo'n well; casgliad bychan o bapurau wedi'u plygu, cerdyn wedi'i orchuddio â phlastig tryloyw; drych i'w ddal yn eich llaw, a chadach meddal i roi powdwr ar wyneb.

Er ei bod yn sylweddoli cyn lleied o amser oedd ganddi, gosododd Violet y rhain ar y naill ochr, yn ddigon pell oddi wrth y dillad drewllyd a'r poteli gwin hanner gwag oedd hefyd yn y cês. Canolbwyntiodd ar bob eitem unigol, fel petaen nhw'n gydrannau defnyddiol i greu peiriant ohonynt. A dyna oedden nhw, mewn ffordd. Y tro hwn roedd yn rhaid iddi drefnu'r dystiolaeth yn y fath fodd fel y gallai'r Baudelairiaid drechu cynlluniau dieflig Steffano a rhoi bywyd gwell i'r tri ohonynt. Rhythodd Violet ar bob darn yn ei dro, ac ymhen chwinciad goleuodd ei hwyneb yn union fel y byddai'n ei wneud bob tro y byddai'n llwyddo i greu peiriant a fyddai'n gweithio'n berffaith.

PENNOD
Deuddeg

Rwy'n addo ichi mai dyma'r tro olaf y bydda i'n defnyddio'r ymadrodd "yn y cyfamser", ond wn i ddim am ffordd arall o fynd â chi'n ôl i'r foment pan oedd Klaus newydd egluro i Mr Poe beth oedd Sunny'n ei olygu wrth ddweud "Aha!" gan wneud i bawb droi i edrych ar Steffano. Edrychai Sunny'n hynod fodlon. Edrychai Klaus yn hynod benderfynol. Edrychai Mr Poe yn hynod grac. Edrychai Dr Lwcaffont yn ofidus. Anodd dweud sut olwg oedd ar

y Wiber Farwol ar y Naw, achos dyw hi ddim yn hawdd darllen wynebau nadroedd.

Cadw'n dawel wnaeth Steffano ynghanol hyn i gyd, gan edrych o un i'r llall heb allu penderfynu a oedd e'n mynd i gyfaddef popeth, sy'n golygu "dweud wrth bawb mai Iarll Olaf oedd e, a bod rhyw ddrygioni ar droed ganddo" neu barhau â'i dwyll, sy'n golygu "dal i ddweud celwydd ar ôl celwydd ar ôl celwydd".

"Steffano," meddai Mr Poe o'r diwedd, a phesychu i'w hances. Arhosodd Klaus a Sunny'n ddiamynedd iddo barhau. "Steffano, eglurwch eich hun. Rydych chi newydd ddweud eich bod yn arbenigwr ar nadroedd. Ond, ychydig amser yn ôl, roeddech yn dweud na wyddech chi ddim byd amdanyn nhw. Pa un yw hi am fod?"

"Pan ddywedais i na wyddwn i ddim am nadroedd," meddai Steffano, "ro'n i'n bod braidd yn wylaidd. Nawr, os gwnewch chi f'esgusodi i, rhaid imi fynd allan am foment …"

"Bod yn wylaidd!" bloeddiodd Klaus. "Dweud *celwydd* fydde'n nes at y gwir! Celwyddgi a llofrudd ydych chi!"

Lledodd llygaid Steffano a chlafychodd ei wyneb mewn dicter. "Does 'da ti'r un prawf o hynny," meddai.

"O, oes," meddai llais o gyfeiriad y drws. Trodd pawb i weld Violet yn sefyll yno gyda gwên ar ei hwyneb a'r dystiolaeth yn ei breichiau. Yn fuddugoliaethus, cerddodd ar hyd Ystafell yr Ymlusgiaid i'w phen pellaf lle'r oedd y llyfrau a ddarllenodd Klaus am Famba'r Fall yn dal yn bentwr. Dilynodd y lleill hi ar hyd y rhesi o gewyll. Gosododd Violet y gwrthrychau i gyd yn rhes ar ben y bwrdd: y ffiol wydr gyda'r caead rwber caeëdig, y chwistrell gyda'r nodwydd finiog, y pentwr bychan o bapurau wedi'u plygu, y cerdyn wedi'i orchuddio â phlastig tryloyw, y drych llaw, a'r cadach i roi powdwr ar wyneb.

"Beth yw'r holl bethau 'ma?" gofynnodd Mr Poe, gan chwifio'i law i gyfeiriad y bwrdd.

"Y pethau hyn," meddai Violet yn reit ffurfiol, "yw'r dystiolaeth y dois i o hyd iddi yng nghês Steffano."

"Fy eiddo personol i yw'r cês," meddai Steffano. "Does gen ti ddim hawl cyffwrdd ynddo. Roedd e ar glo – ac rwyt ti'n ferch anghwrtais iawn."

"Roedd hi'n argyfwng arna i," atebodd Violet yn hyderus, "felly fe ddyfeisiais i declyn syml i agor y clo."

"Mawredd dad!" meddai Mr Poe. "Ddylai merched sy wedi'u magu'n dda ddim gwybod sut i wneud y fath beth! Be nesa?"

"Mae fy chwaer *wedi* cael ei magu'n dda," meddai Klaus, "ac mae hi'n gwybod sut i wneud pob math o bethau."

"Gwich!" meddai Sunny, sy'n swnio'n union fel "Gwych!" a dyna oedd hi'n bwriadu'i ddweud, siŵr o fod.

"Wel, rhaid trafod hynny ymhellach rywbryd eto," meddai Mr Poe. "Nawr, dos yn dy flaen."

"Pan fu Wncwl Mald farw," dechreuodd Violet, "roedd Klaus a Sunny a minau'n drist iawn, ond roedden ni hefyd yn amheus iawn."

"Doedden ni ddim yn amheus!" torrodd Klaus ar ei thraws. "Mae amheus yn golygu 'bod ag amheuon', ond doedd 'da ni ddim amheuon o gwbl. Fe wydden ni'n *bendant* ei fod wedi cael ei ladd gan Steffano."

"Dwli pur!" meddai Dr Lwcaffont. "Fel yr eglurais i ar y pryd, damwain oedd marwolaeth Dr Maldwyn. Fe ddihangodd Mamba'r Fall o'i chaetsh a'i gnoi – a dyna ddiwedd arni."

"Maddeuwch imi," meddai Violet, "ond *nid* dyna'r diwedd arni o bell ffordd. Mae Klaus wedi darllen y cyfan am Famba'r Fall a sut y bydd hi'n lladd."

Aeth Klaus draw at y llyfrau a chodi'r gyfrol oedd ar ben y pentwr. Roedd wedi nodi'r dudalen bwysig â darn o bapur, a throdd at y darn i'w ddarllen yn syth. "Un o nadroedd mwyaf angheuol yr hemisffir yw Mamba'r Fall," darllenodd yn uchel. "Mae'n nodedig am ei gafael mileinig o ddi-ildio wrth dagu'i hysglyfaeth. Cyplysir y gallu hwn â'i gwenwyn marwol i greu golygfa hynod ysgeler, gan ei bod yn gadael lliw fel y fagddu ar bawb a leddir ganddi." Rhoddodd y llyfr i lawr gan droi at Mr Poe. "Mae 'golygfa ysgeler' yn golygu …"

"Fe wyddon ni'n iawn beth yw 'golygfa ysgeler'," gwaeddodd Steffano.

"Yna fe fydd pawb a welodd yr olygfa yn yr ystafell hon ar ôl lladd Wncwl Mald yn gwybod nad Mamba'r Fall a'i lladdodd," meddai Klaus. "Doedd dim lliw fel y fagddu ar ei groen. Roedd e'n welw."

"Digon gwir," meddai Mr Poe, "ond dyw hynny ddim yn golygu ei fod wedi cael ei lofruddio."

"Efallai bod y neidr arbennig hon braidd yn ddiog, a ddim yn tagu ei hysglyfaeth," meddai Dr Lwcaffont.

"Mae'n fwy tebygol mai'r pethau hyn ar y bwrdd laddodd Wncwl Mald," meddai Violet. Cododd y ffiol wydr. "Gwenwyn Mamba'r Fall sydd yn y ffiol hon, yn ôl y label, ac mae'n amlwg iddi ddod o'r cabinet lle'r oedd Wncwl Mald yn cadw'i holl samplau." Yna cododd y chwistrellydd. "Dyma ddefnyddiodd Steffano – Olaf – i chwistrellu'r gwenwyn i gorff Wncwl Mald. Yna, torrodd dwll arall yn y croen i wneud iddo ymddangos fel petai'r sarff wedi ei gnoi."

"Ond ro'n i'n meddwl y byd o Dr Maldwyn," protestiodd Steffano. "Doedd gen i ddim i'w ennill o'i ladd."

Mae ambell gelwydd mor hurt, fel mai'r peth gorau i'w wneud yn ei anwybyddu'n llwyr, a dyna wnaeth Violet. Aeth yn ei blaen heb dalu unrhyw sylw. "Fel y gwyddom ni i gyd, pan fydda i'n cyrraedd fy mhen-blwydd yn ddeunaw, fe fydda i'n etifeddu ffortiwn y Baudelairiad. Ond mae Steffano am ddwyn y ffortiwn honno, a byddai'n haws o lawer iddo wneud hynny yn rhywle anghysbell, fel Periw." Cododd y pentwr o bapurau. "Tocynnau ar gyfer y *Prospero* yw'r rhain. Mae'n gadael yr Harbwr Tesog heddiw am bump. Ar y ffordd i ddal y llong oedden ni pan fwrodd jîp i mewn i gar Mr Poe."

"Ond fe rwygodd Wncwl Mald docyn Steffano i Beriw," meddai Klaus, gan edrych yn ddryslyd. "Fe welais i e'n gwneud hynny fy hun."

"Digon gwir," cytunodd Violet. "Dyna pam roedd yn rhaid iddo gael Wncwl Mald allan o'r ffordd. Fe laddodd e Wncwl Mald ..." Oedodd Violet am eiliad gan grynu trosti. "Fe laddodd e Wncwl Mald, a chymryd y cerdyn hwn wedi'i orchuddio â phlastig tryloyw. Cerdyn aelodaeth Wncwl Mald o'r Gymdeithas Herpetoleg yw hwn. Cynllun Steffano oedd esgus mai fe oedd Wncwl Mald, mynd ar fwrdd y *Prospero* o dan yr enw hwnnw, a'n cipio ni i Beriw."

"Ond alla i ddim â deall shwt yn y byd oedd e'n gwybod am eich ffortiwn chi yn y lle cyntaf," pendronodd Mr Poe.

"Am mai Iarll Olaf yw e," meddai Violet yn ddiamynedd. Roedd hi wedi hen 'laru gorfod dweud drosodd a throsodd yr hyn oedd yn amlwg i chi a fi, a hi a'i brawd a'i chwaer, yr eiliad y cyrhaeddodd Steffano y tŷ. "Mater hawdd iddo oedd eillio'i ben a'i ael a thyfu barf, ond yr unig ffordd y gallai guddio'r tatŵ oedd trwy roi powdwr drosto gyda help y cadach a'r drych 'ma. Mae colur ar hyd ei bigwrn i gyd, er mwyn cuddio'r llygad. Fentra i y bydde'r cyfan yn dod bant petaen ni'n rhwbio'i bigwrn yn galed."

"Syniad hollol wallgo!" bloeddiodd Steffano.

"Gawn ni weld am hynny," atebodd Mr Poe. "Nawr 'te, oes gan rywun gadach?"

"'Sgen i 'run," atebodd Klaus.

"Na finne," atebodd Violet.

"Gwcil!" atebodd Sunny.

"Wel, dim cadach, hen dro! Rhaid i ni roi'r ffidl yn

y to, felly," meddai Dr Lwcaffont, ond cododd Mr
Poe ei fys i'r awyr, fel arwydd o obaith. Er mawr
ryddhad i'r Baudelairiaid, aeth i'w boced a thynnu'i
hances ohoni.

"Eich pigwrn chwith, os gwelwch yn da," meddai,
mewn llais cadarn.

"Ond fe fuoch chi'n pesychu i honna drwy'r
dydd," dechreuodd Steffano. "Mae hi'n llawn
jyrms."

"Os taw chi yw'r person maen nhw'n honni ydych
chi," meddai Mr Poe, "jyrms yw'r lleiaf o'ch gofidiau.
Eich pigwrn chwith, os gwelwch yn dda."

Ysgyrnygodd Steffano – a dyna, diolch byth, y tro
olaf y byddwn ni'n gorfod defnyddio'r enw ffug hwn.
Cododd odre'i drowsus ryw fymryn fel bod ei bigwrn
yn y golwg. Aeth Mr Poe ar ei gwrcwd a dechrau
rhwbio'r croen. Ddigwyddodd dim byd am foment,
ond yna, fel y bydd pelydrau'r haul yn dechrau
tywynnu drwy'r cymylau ar ôl glaw trwm,
dechreuodd siâp llygad ymddangos. Daeth yn
gliriach ac yn gliriach nes ei fod mor amlwg â'r dydd;
yn union fel yr arferai edrych pan oedd yr amddifaid

yn byw yn nhŷ Iarll Olaf.

Rhythodd Violet, Klaus a Sunny ar y llygad, a rhythodd y llygad yn ôl arnyn nhw. Am y tro cyntaf yn eu bywydau, roedd y Baudelairiad yn falch o'i weld.

PENNOD
Tair ar Ddeg

Petai hwn yn llyfr i ddiddanu plant ifanc, fe fyddech chi'n gwybod beth oedd i'w ddisgwyl nesaf. Gyda phawb o'r diwedd yn gwybod pwy oedd y dyn drwg, a'r cynllwyn dieflig wedi'i atal, byddai'r heddlu'n cyrraedd ac yn taflu Iarll Olaf yn y carchar am weddill ei fywyd. Yna byddai'r plant dewr ac anturus yn mynd bant i gael *pizza* a byw'n hapus am byth bythoedd mwy. Ond llyfr am y Baudelairiaid yw hwn, ac mae mwy o siawns o weld Wncwl Mald yn dod yn ôl o farw'n fyw nag sydd gan y tri hyn o fyw'n hapus am byth bythoedd mwy. Doedd atgyfodi Wncwl Mald ddim yn bosibl, wrth gwrs, ond teimlai'r plant fel petai peth o'i lawenydd wedi dod yn ôl i Ystafell yr Ymlusgiaid wrth brofi, unwaith ac am byth, cymaint o ddihiryn oedd Iarll Olaf.

"Llygad yw hwnna, mae hynny'n siŵr," meddai Mr Poe. "Iarll Olaf ydych chi, does dim amheuaeth. A does dim amheuaeth chwaith nad ydych chi wedi'ch arestio."

"Rydw innau, heb amheuaeth, mewn sioc," cyhoeddodd Dr Lwcaffont, gan godi un o'i ddwylo rhyfedd yn ddramatig at ei dalcen.

"Finne hefyd," cytunodd Mr Poe, gan gydio ym mraich Iarll Olaf rhag ofn iddo geisio dianc. "Violet, Klaus a Sunny, rwy'n gofyn ichi faddau imi am beidio â'ch credu ynghynt. Mae'n anghredadwy fod hwn wedi dod i chwilio amdanoch, cogio bod yn gynorthwy-ydd i wyddonydd, ac wedi cynllwynio unwaith yn rhagor i ddwyn eich ffortiwn."

"Tybed beth ddigwyddodd i Gwstaf, cynorthwy-ydd *go iawn* Wncwl Mald?" pendronodd Klaus yn uchel. "Petai hwnnw heb ddiflannu, fyddai Wncwl

Mald ddim wedi cyflogi Iarll Olaf."

Bu Olaf yn dawel trwy gydol y drafodaeth hon. Byth ers i'w datŵ ddod i'r golwg, roedd ei lygaid sgleiniog wedi gwibio yma ac acw'n gwylio pawb yn ofalus, fel y bydd llew yn pwyso a mesur gyr o antelopau, cyn penderfynu pa un fyddai orau iddo'i ladd a'i fwyta. Ond pan soniwyd am Gwstaf, agorodd ei geg.

"Mae Gwstaf wedi *marw*!" meddai. "Un diwrnod, pan oedd e'n mynd am dro i gasglu blodau gwyllt, fe foddais i e yng Nghors y Grachen. Yna, fe ysgrifennais i nodyn ffug yn dweud ei fod e wedi penderfynu ymddiswyddo."

Edrychodd Iarll Olaf ar y tri phlentyn fel petai'n mynd i redeg draw atynt a'u tagu bob un, ond yn lle hynny safodd yno'n anghyffredin o lonydd – a rhywsut roedd hyn hyd yn oed yn fwy brawychus. "Ond dyw hynny'n ddim o'i gymharu â'r hyn rwy'n bwriadu'i wneud gyda chi'ch tri. Chi enillodd rownd gynta'r gêm, ond fe ddof yn ôl, rwy'n addo. Rwy'n benderfynol o gael eich ffortiwn – a'ch gwaed."

"Nid gêm yw hon, y dyn dieflig â chi!" meddai

Mr Poe. "Gêmau yw chwaraeon fel polo dŵr. A dominos. Ond mae llofruddiaeth yn drosedd, ac fe ewch chi i'r carchar am hyn. Rwy'n mynd i'ch gyrru chi i orsaf yr heddlu yn y ddinas y munud 'ma. O, drato! Alla i ddim! Mae 'nghar i'n rhacs jibidêrs. Dim ots! Fe allwn i fynd yn jîp Wncwl Mald yn lle hynny, a gallwch chi blant ddilyn yng nghar Dr Lwcaffont. Fe gewch weld y tu mewn i gar meddyg wedi'r cwbl."

"Efallai y byddai'n haws rhoi Steffano yn fy nghar i ac i'r plant ddilyn," awgrymodd Dr Lwcaffont. "Rhaid cofio bod corff Dr Maldwyn yn fy nghar i'n barod."

"Wel," meddai Mr Poe, "mae'n gas 'da fi siomi'r plant a hwythe wedi cael amser mor galed. Beth am symud corff Dr Maldwyn i'r jîp a …?"

"Does 'da ni ddim iot o ddiddordeb mewn gweld y tu mewn i gar meddyg," meddai Violet yn ddiamynedd. "Dim ond dweud hynny i osgoi cael ein gadael 'da Iarll Olaf wnaethon ni."

"Ddylech chi ddim dweud celwyddau, blant," meddai Iarll Olaf.

"Go brin eich bod chi mewn sefyllfa i roi gwersi moesol i blant, Olaf," dywedodd Mr Poe'n chwyrn. "O'r gore, Dr Lwcaffont, ewch *chi* â fe."

Ar hynny, cydiodd Dr Lwcaffont yn Iarll Olaf gerfydd ei ysgwydd ag un o'i ddwylo od o stiff, ac arweiniodd y criw allan o Ystafell yr Ymlusgiaid at ddrws y ffrynt. Wrth gyrraedd y rhiniog, oedodd i droi at Mr Poe a'r plant gan wenu'n fain arnyn nhw.

"Dywedwch ffarwél wrth yr amddifaid, Iarll," meddai Dr Lwcaffont.

"Ffarwél," meddai Iarll Olaf.

"Ffarwél," meddai Violet.

"Ffarwél," meddai Klaus.

Pesychodd Mr Poe yn ei hances a hanner codi'i law fel petai'n chwifio'i ffarwél. Ond ddywedodd Sunny 'run gair. Edrychodd Violet a Klaus arni gan hanner disgwyl clywed "Hwch!" neu un o'r synau eraill oedd ganddi i ddweud "Da bo chi!" neu "Hwyl fawr!". Ond roedd Sunny'n rhythu'n benderfynol ar Dr Lwcaffont, ac ar amrantiad llamodd i'r awyr a'i gnoi ar ei law.

"Sunny!" ebychodd Violet. Roedd hi ar fin

ymddiheuro am ymddygiad ei chwaer pan welodd law Dr Lwcaffont yn dod yn rhydd o'i fraich ac yn syrthio i'r llawr. Wrth i Sunny ymosod arni eto, gwnaeth y llaw sŵn fel pren tenau neu blastig yn cracio. Doedd e ddim fel sŵn cnawd ac esgyrn o gwbl. A phan edrychodd Violet ar ben draw braich Dr Lwcaffont, doedd yno 'run diferyn o waed nac ôl unrhyw ddolur. Yr hyn a welai hi oedd bachyn metel sgleiniog. Edrychodd Dr Lwcaffont ar y bachyn hefyd, ac yna ar Violet, cyn gwenu'n ffiaidd. Yna, heglodd y ddau ddyn trwy ddrws y ffrynt,

"Y dyn â bachau yn lle dwylo!" gwaeddodd Violet. "Dyw e ddim yn ddoctor o gwbl. Un o griw Iarll Olaf yw e!" Yn reddfol, neidiodd Violet i gyfeiriad y gofod lle bu'r ddau'n sefyll, ond yn ofer, wrth gwrs. Doedden nhw ddim yno. Gallai weld y ddau'n rhedeg nerth eu traed heibio'r gwrychoedd siâp seirff.

"Ar eu hôl nhw!" bloeddiodd Klaus, a dechreuodd y tri phlentyn ei heglu hi i gyfeiriant y lawnt. Ond rhwystrwyd hwy gan Mr Poe, a safodd yn stond yn y drws.

"Na!" meddai'n gadarn.

"Ond y dyn â'r bachau yn lle dwylo oedd hwnna!" gwaeddodd Violet. "Fe fydd e ac Iarll Olaf yn dianc nawr."

"Alla i ddim gadael ichi redeg ar ôl dau droseddwr peryglus," atebodd Mr Poe. "Y fi sy'n gyfrifol am eich cadw'n ddiogel, a wna i ddim caniatáu i neb wneud unrhyw niwed i chi."

"Ewch *chi* ar eu holau nhw 'te!" gwaeddodd Klaus. "Ond brysiwch, da chi!"

Trodd Mr Poe fel petai ar fin mynd ar eu holau go iawn, ond stopiodd yn stond pan glywodd injan car yn tanio. Roedd y ddau ddihiryn – gair sydd yma'n golygu eu bod nhw'n "bobl atgas iawn" – wedi cyrraedd car Dr Lwcaffont ac eisoes yn ei heglu hi oddi yno.

"Neidiwch i mewn i'r jîp," mynnodd Violet. "Ar eu holau nhw, glou!"

"Dyw dyn yn ei oed a'i amser, fel fi, ddim yn cwrso ar ôl ceir," atebodd Mr Poe'n gadarn. "Gwaith yr heddlu yw hynny, ac fe wna i'u ffonio nhw nawr."

Suddodd calonnau'r Baudelairiaid wrth weld Mr Poe'n mynd yn ôl i'r tŷ. Fe wydden nhw mai ofer

oedd ffonio'r heddlu'r nawr. Erbyn i Mr Poe egluro'r
cyfan wrthyn nhw, fe fyddai Iarll Olaf a'r dyn â'r
bachau yn lle dwylo wedi hen ddiflannu. Aeth Violet,
Klaus a Sunny'n ôl i'r tŷ hefyd, gan fynd i eistedd ar
waelod y grisiau mawreddog. Roedd y tri wedi
ymlâdd – sy'n golygu eu bod nhw wedi blino'n lân –
a heb dweud 'run gair pellach, dyna lle buon nhw'n
gwrando ar lais Mr Poe yn y pellter yn palu trwy'r
stori ar y ffôn.

Rhaid eu bod nhw wedi blino mwy nag roedden
nhw wedi sylweddoli, a'r stori a adroddai Mr Poe yn
ddiddiwedd, achos y peth nesaf wydden nhw, roedd
hi'n nos. Deffrôdd y tri'n araf, yn dal ar waelod y
grisiau. Roedd rhywun wedi lapio blanced amdanynt,
a dim ond wrth ymestyn eu breichiau i ddihuno y
sylweddolon nhw eu bod nhw wedi bod yn cysgu. Ar
draws y cyntedd, o'u blaenau, roedd tri dyn yn cario
rhai o ymlusgiaid Wncwl Mald o Ystafell yr
Ymlusgiaid yn eu cewyll. Wrth gwt y rheini, roedd
dyn bach crwn arall mewn siwt batrymog liwgar, a
phan welodd hwnnw fod y plant ar ddihun, daeth
draw atynt.

"Flin 'da fi'ch deffro chi, blant," meddai mewn llais dwfn. "Ond rhaid i 'nhîm i symud yn gyflym."

"Pwy 'ych chi?" gofynnodd Violet. Mae syrthio i gysgu pan mae hi'n olau dydd, a deffro pan mae hi'n dywyll, yn gallu drysu rhywun.

"Beth 'ych chi'n 'neud ag ymlusgiaid Wncwl Mald?" gofynnodd Klaus. Mae sylweddoli mai ar y grisiau y buoch chi'n cysgu, yn hytrach nag mewn gwely, yn gallu drysu rhywun hefyd.

"Discos?" holodd Sunny. Mae meddwl pam y byddai neb yn dewis gwisgo siwt o liwiau mor llachar â'r dyn hwn wastad yn ddryslyd.

"Bruce yw'r enw," meddai Bruce. "Fi yw cyfarwyddwr marchnata'r Gymdeithas Herpetoleg. Fe ges i alwad ffôn gan eich ffrind, Mr Poe, i ofyn i mi ddod i achub y nadroedd. Nawr fod Dr Maldwyn wedi mynd, maen nhw wedi cael eu gadael yn amddifad. Mae 'amddifad' yn golygu eu bod nhw …"

"'Dan ni'n gwybod yn iawn beth yw ystyr 'amddifad'," torrodd Klaus ar ei draws. "Ond i ble ewch chi â nhw?"

"Fel yn achos plant fel chi sy'n cael eu gadael yn amddifad, rhaid inni ddod o hyd i gartrefi newydd iddyn nhw os gallwn ni. Gwyddonwyr, ambell sw, a chartrefi ymddeol. Bydd y rhai na allwn ni ddod o hyd i gartref ar eu cyfer yn cael eu lladd."

"Ond casgliad Wncwl Mald yw'r rhain!" protestiodd Klaus. "Fe dreuliodd oes gyfan yn creu'r casgliad hwn. Allwch chi ddim chwalu'r cyfan …"

"Fel 'na mae hi," meddai Bruce yn ddigyffro. Siaradai'n uchel a chryf, er nad oedd rheswm amlwg am hynny.

"Wiber!" gwaeddodd Sunny, gan ddechrau cripian i gyfeiriad Ystafell yr Ymlusgiaid.

"Mae fy chwaer wedi dod yn gyfeillgar iawn ag un o'r nadroedd," eglurodd Violet. "Gawn ni fynd â jest un ohonyn nhw gyda ni – y Wiber Farwol ar y Naw?"

"Na chewch," atebodd Bruce. "Yn y lle cyntaf, mae'r boi Poe 'na wedi dweud mai ni piau'r nadroedd i gyd nawr. Ac yn yr ail le, dwi ddim yn debygol o adael i griw o blant fynd ar gyfyl Gwiber Farwol ar y Naw."

"Ond dim ond enw yw hynny. Mae'r creadur ei

hun yn gwbl ddiniwed," meddai Violet.

"Wncwl Mald oedd yn gyfrifol am ddarganfod y wiber honno," eglurodd Klaus. "Dyna sut roedd ganddo'r hawl i'w henwi."

"Ond roedd y boi i fod yn beniog dros ben," meddai Bruce. Aeth i boced ei siaced liwgar a thynnu sigâr ohoni. "Dyw camenwi neidr ddim yn swnio'n beth clyfar iawn i mi. A dweud y gwir, mae'n swnio'n beth twp iawn i'w wneud. Ond beth sydd i'w ddisgwyl gan ddyn o'r enw Maldwyn Maldwyn?"

"Ddylech chi byth watwar enw neb," mynnodd Klaus. "Mae'n anghwrtais iawn."

"'Sda fi ddim amser i ofyn beth yw ystyr 'gwatwar'," meddai Bruce. "Ond os yw'r babi 'ma'n moyn dweud 'Gwbéi' wrth y Wiber Farwol ar y Naw, mae'n well iddi siapo. Mae honno tu fas yn barod."

Cripiodd Sunny i gyfeiriad drws y ffrynt, ond doedd Klaus ddim wedi gorffen siarad â Bruce eto. "Roedd ein Wncwl Mald yn *hynod* beniog," meddai'n bendant.

"Roedd e'n ddyn disglair iawn," cytunodd Violet, "a dyna sut y byddwn ni wastad yn ei gofio."

"Disglair!" gwichiodd Sunny o'r llawr ac edrychodd Violet a Klaus arni, wedi rhyfeddu wrth ei chlywed yn dweud gair y gallai pawb ei ddeall.

Cyneuodd Bruce ei sigâr a chwythu mwg i'r awyr. "Chwarae teg ichi, blant!" meddai. "Mae'n dda eich bod chi'n parchu'r hen foi." Yna, edrychodd ar yr oriawr sgleiniog, llawn diemwntau, a wisgai ar ei arddwrn a throi at y tri dyn arall. "Gwell inni'i siapo hi. Rhaid bod 'nôl ar yr hewl 'na sy'n gwynto fel sinsir o fewn pum munud."

"*Rhuddygl poeth*," cywirodd Violet ef, ond roedd Bruce eisoes wedi cerdded i ffwrdd. Edrychodd Klaus a hithau ar ei gilydd a cherdded tuag at Sunny. Ond wrth iddyn nhw gyrraedd y drws, ymddangosodd Mr Poe o rywle i'w rhwystro unwaith eto.

"Ewch 'nôl i gysgu, 'na blant da," meddai. "Ewch lan llofft y tro hwn. Rhaid inni godi'n gynnar iawn fory."

"Dim ond ar ein ffordd i ffarwelio â'r nadroedd oedden ni," meddai Klaus. Ond ysgwyd ei ben wnaeth Mr Poe.

"Fe fyddwch chi dan draed Bruce a'r dynion," atebodd. "A ph'run bynnag, rwy'n synnu eich bod chi'n awyddus i weld neidr byth eto."

Edrychodd plant y Baudelairiad ar ei gilydd gan ochneidio. Doedd dim byd yn y byd i gyd yn iawn. Doedd hi ddim yn iawn bod Wncwl Mald wedi marw. Doedd hi ddim yn iawn bod Olaf a'i ffrind dieflig wedi dianc. Doedd hi ddim yn iawn bod Bruce yn ystyried Maldwyn Maldwyn yn enw gwirion ar berson, yn hytrach nag fel gwyddonydd disglair. A doedd hi ddim yn iawn bod pobl yn tybio nad oedd y plant am weld neidr byth eto. Yn wir, y nadroedd, a'r holl bethau eraill diddorol yn Ystafell yr Ymlusgiaid, oedd yr unig bethau oedd ganddynt ar ôl i gofio'r ychydig ddyddiau o hapusrwydd gawson nhw yn y tŷ hwn – yr unig ychydig ddyddiau o hapusrwydd roedden nhw wedi'u cael ers marw eu rhieni. Er eu bod nhw'n deall pam na allai Mr Poe adael iddyn nhw fyw ar eu pennau eu hunain gyda'r nadroedd, doedd hi ddim yn iawn na chaen nhw ddweud ffarwél.

Gan anwybyddu dymuniadau Mr Poe,

rhuthrodd Violet, Klaus a Sunny trwy ddrws y ffrynt, a dyna lle'r oedd y dynion yn llwytho'r cewyll i fan fawr â'r geiriau "Y Gymdeithas Herpetoleg" wedi'u hysgrifennu ar ei hochr. Roedd hi'n noson lleuad lawn, ac adlewyrchai'r lloer ar furiau gwydr Ystafell yr Ymlusgiaid, fel petai'n addurn drudfawr – yr oedd yn wir yn *ddisglair*. Roedd Violet newydd alw Wncwl Mald yn "ddisglair" wrth ei amddiffyn i Bruce, ac roedd hi'n iawn i wneud hynny. Roedd y gair bryd hynny wedi golygu bod gan ei hewythr "enw da am fod yn glyfar a deallus". Ond nawr, wrth weld Ystafell yr Ymlusgiaid yn disgleirio'n llachar yng ngolau'r lloer, roedd ystyr ychydig bach yn wahanol iddo ym meddyliau'r plant. Hyd yn oed yn yr amgylchiadau anffodus a fyddai'n dod i'w rhan am weddill eu hoes, byddai caredigrwydd Wncwl Mald wastad yn atgof disglair iddynt. Roedd Wncwl Mald wedi bod yn wych, ac roedd yr amser gafodd y tri yn ei dŷ wedi bod yn wych. Doedd dim ots os oedd Bruce a'i ddynion yn chwalu casgliad Wncwl Mald – doedd neb na dim byth yn mynd i chwalu atgofion y tri, na phylu disgleirdeb yr atgofion hynny.

"Ffarwél! Da bo chi!" gwaeddodd yr amddifaid wrth i'r Wiber Farwol ar y Naw gael ei llwytho ar y fan. "Ffarwél! Da bo chi!" Ac er mai ffrind Sunny, yn fwyaf arbennig, oedd y Wiber, roedd Violet a Klaus yr un mor ddagreuol â'u chwaer. Roedd y Wiber Farwol ar y Naw hefyd yn crio, a gallai'r plant weld y dagrau gwyrdd, bach, bach, yn disgyn o'i llygaid. Disgleiriai'r holl ddagrau, yn dawel yn y nos.

"Diolch byth dy fod wedi dod o hyd i'r wybodaeth am Famba'r Fall," sibrydodd Violet wrth Klaus, wrth iddi gofio popeth oedd newydd ddigwydd iddyn nhw.

"Diolch byth dy fod ti wedi dod o hyd i'r dystiolaeth yng nghês Steffano," sibrydodd yntau'n ôl wrthi.

"Dolch!" gwichiodd Sunny'n dawel a rhoddodd ei brawd a'i chwaer gwtsh iddi, achos roedd yr ieuengaf ohonyn nhw hefyd yn haeddu diolch am esgus cael ei chnoi gan y Wiber Farwol ar y Naw – a gwneud hynny mewn ffordd mor gredadwy.

"Ffarwél! Da bo chi!" meddai plant disglair y Baudelairiaid wrth i Bruce gau cefn y fan. Safodd y tri yno yn y nos, yn gafael am ei gilydd ac yn dal i godi llaw wrth i'r fan lwythog yrru heibio'r perthi siâp nadroedd, troi'r gornel ar waelod y dreif i mewn i Lôn Chwain, a diflannu yn y düwch.

Ganed LEMONY SNICKET mewn tref fechan lle roedd y trigolion yn amheus ac yn tueddu i godi reiat. Mae e bellach yn byw yn y ddinas. Yn ei amser hamdden mae'n casglu tystiolaeth ac ystyrir ef yn gryn arbenigwr gan awdurdodau blaenllaw.

Ganed BRETT HELQUIST yn Ganado, Arizona, a chafodd ei fagu yn Orem, Utah. Efrog Newydd yw ei gartref erbyn hyn. Ers iddo raddio mewn celfyddyd gain o Brifysgol Brigham Young, bu'n darlunio llyfrau. Ymddangosodd ei waith mewn cylchgronau fel *Cricket* a'r *New York Times*.

I'm Golygydd Caredig,

Ysgrifennaf atat o lannau Llyn Dagrau, lle bum yn
archwilio gweddillion tŷ Modryb Josephine er mwyn
cael dealltwriaeth lawn o bopeth a ddigwyddodd ar
ôl i'r amddifaid Baudelaire gyrraedd yma.

    Dos i Gaffe Kafka erbyn 4p.m. ddydd Mercher
nesaf ac archeba bot o de jasmin gan y gweinydd
talaf fydd yno. A chymryd na fydd fy ngelynion wedi
llwyddo, fe ddaw ag amlen fawr atat yn lle'r te.
Ynddi, fe ddoi di o hyd i'm disgrifiad o'r
digwyddiadau arswydus hyn, o dan y teitl Y
FFENESTR LYDAN, yn ogystal â braslun o Ogof
Ych-a-fibag bychan o wydr teilchion a bwydlen o dŷ
bwyta'r Clown Pryderus. Bydd yno hefyd un (1) tiwb
prawf ag ynddo un o Elennod Llyn Dagrau ty, fel y
gall Mr Helquist ei ddarlunio'n cywir. Ni dylid agor
y tiwb prawf hwn AR UNRHYW GYFRIF.

    Cofia mai ti yw fy ngobaith olaf o allu dwyn
hanes yr amddifaid Baudelaire i sylw'r cyhoedd.

Gyda phob dyledus barch,

Lemony Snicket